Johannes Girmindl

Blutiger Schnee

AF273244

Johannes Girmindl, 1978 in Wien geboren. Musiker und Schriftsteller, veröffentlicht im Eigenverlag Tonträger, schreibt unentwegt neue Lieder und Geschichten. Zuletzt erschienen: Simmering (2015), All inklusive (2016).

www.girmindl.at

Johannes Girmindl

Blutiger Schnee

Roman

Umschlagbilder © Dylan Whiting

Bibliographische Information der Deutschen Nationalbibliothek:

Die Deutsche Nationalbibliothek verzeichnet diese Publikation in der Deutschen Nationalbibliographie; detaillierte bibliographische Daten sind im Internet über http://dnb.dnb.de abrufbar

Herstellung und Verlag: BoD – Books on Demand

ISBN: 978-3-8370-5600-6

Der Epilog

Der Rabe hatte etwas entdeckt. Er war den halben Tag schon unterwegs gewesen, die Futtersuche gestaltete sich, gerade bei solch einem Wetter, als äußerst schwierig. Der Schneesturm hatte sich kurz nach der Mittagssonne gelegt und die wärmenden Strahlen ließen Zuversicht durch des Rabens Adern fließen. Trotzdem war es eisig kalt, und doch gebar das wärmende Licht den einen oder anderen Funken an Hoffnung. Dann setzte das Tier zum Sturzflug an, landete sanft neben seiner Entdeckung und stolzierte geradewegs auf seine Beute zu. Der Vogel blieb stehen und begann zu picken. Erst das eine Auge, dann das andere. Der Tote sah einen nun aus schwarzen, tiefen

Höhlen an, ein stummer und leerer Ausdruck, der so gar nicht zu der hassverzerrten Fratze, die sein Gesicht ausmachte, passen mochte. Die Schneedecke, unter welcher der Körper teilweise begraben lag, hatte etwas Friedliches an sich. Mit ihrer eisigen Konsequenz hatte sie jegliche Spuren eines möglicherweise stattgefundenen Kampfes verwischt. Das getrocknete und mittlerweile gefrorene Blut, war nun eingeschlossen, zwischen den perfekt geformten Schneekristallen. Das Tier schien mit seiner kargen Mahlzeit zufrieden zu sein, denn es erhob sich in die Luft um zu einer Baumgruppe am Fuße einer Erderhebung zu fliegen, dort ließ er sich nieder und seinen Blick über die schneebedeckte Landschaft schweifen.

Erster Teil

1 – Der Überfall

Das Blatt Papier mit der Aufschrift, „Das ist ein Überfall!!! Kein Alarm, Geld in die Tasche!" war etwas zerknittert. Entweder hatte es Martin Laban in Eile eingesteckt, oder er war doch angespannter gewesen, als er zugeben wollte, und hatte die ganze Zeit über daran herumgefingert. In diesem Moment hätte es aber keinen Unterschied gemacht, wäre das Blatt auch säuberlich gebügelt gewesen. Der Mittzwanziger, standesgemäß im schwarzen Hemd inklusive gelber Krawatte, wurde bleich, als hätte er tagelang schon unter einer

Fischvergiftung zu leiden. Seine Hand zitterte ein wenig, als er den Knopf unter seinem Pult drückte. „Kein Alarm", hatte er gerade die ungelenke Handschrift entziffert und dennoch löste er ihn aus. Zu hören war dieser zwar nicht, zu sehen sehr wohl. Im Büro seines Vorgesetzten leuchtete das rote Signal auf, sodass der den Alarm bestätigen und somit weiterleiten konnte; nachdem er sich selbst vergewissert hatte, dass etwas wohl nicht in Ordnung sei. Ein Blick quer durch den Kassenraum zeigte ihm, dass hier etwas nicht stimmte. Der Mann im schwarzen Anorak hielt eine Waffe in der Hand. Ein zweiter stand neben der Eingangstüre. Er konnte beobachten wie Alfred Zwiller den Kassenmechanismus betätigte und eine große Anzahl an Scheinen in eine dunkelblaue Ledertasche zu schaufeln begann. Alfred Vorner bestätigte den Alarm und verhielt sich still hinter seinem Spion. Es musste nicht sein, dass er sich in das Geschehen auch noch einmischte. Möglicherweise würden die beiden mit gefüllter Tasche ohnehin gleich wieder die Bank verlassen, und so kurze Zeit vor der Pension hatte er einfach keine Lust mehr darauf, den Helden zu spielen. Er hatte noch ein gutes halbes Jahr vor sich, das konnte er vollkommen zufrieden auch in seinem Büro verbringen. Auch wenn es seiner Frau zwischenzeitlich wohl egal war, ob er in etwaige Turbulenzen während der Ausübung seines Berufes verwickelt wurde. Sie verbrachte ihr Leben mittlerweile auf Gran Canaria, bei einer Urlaubsbekanntschaft. Getrennte Urlaube hatten ihre Ehe wieder in die Gänge gebracht, nachdem eine länger Durstrecke hinter den beiden gelegen hatte. Eine halbjährige Paartherapie hatte sie wieder näher zueinander geführt, und einige Änderungen ihrer sonstigen Gewohnheiten zur Folge. Der Schlussstrich kam kurz und bündig, in Form eines Telegramms, mit der knappen, aber aussagekräftigen Botschaft, „Ich komme nicht mehr zurück, Nora".

Nun kam etwas Leben in die Situation im Kassenraum. Radinka Vukic, 73 und seit den frühen Sechziger Jahren in Wien lebend, betrat die Filiale und hatte den Wachmann, der seinen Dienst vor dem Eingang der Bank tat, im Schlepptau. Er wurde dazu verdonnert, ihren Einkaufswagen nachzubringen, da Radinka Vukic ansonsten nicht durch die etwas knapp bemessene, automatische Türe konnte.

„Es zwickt ma immer den Wagerl ein", sagte sie, mit übertriebener Betonung auf das L. Sie steuerte auf den einzigen besetzten Schalter zu und blieb knapp hinter Martin Laban stehen.

„Tuns ihna sich beeilen bitte, ich muss weiter."

In dem Moment, in dem sich Laban umdrehte, erblickte der Wachmann die Waffe in seiner Hand und ließ seine eigene blitzschnell zu seiner Pistole schnellen. Der Schuss streckte ihn zu Boden. Egon Beier, der sich seit dem Betreten der Beiden noch mehr im Hintergrund gehalten hatte, reagierte umgehend, als er die Absicht des Uniformierten bemerkte.

„Jessasmaria."

„Ok, ok. Ab sofort die Hardcoreversion. Alle halten die Goschn, niemand rührt sich. Du füllst weiter an, und sie stellen sich da her."

Laban musste mit seiner Nervosität kämpfen. Dass die Situation diese Wendung nahm, war nicht geplant gewesen, jetzt musste er improvisieren. Ein Toter war nicht vorgesehen gewesen. In seinem Büro überlegte unterdessen der Filialleiter, was er nun tun konnte, um sich selbst aus der Gefahrenzone zu bringen. Die Fenster konnte er nicht öffnen, sie waren allesamt gesichert, durch den Kassenraum zu laufen, war wohl auch keine gute Idee. Der Tresorraum im Keller war eine Möglichkeit. Er war so verschließbar, dass er von außen nicht mehr zu öffnen war. Es war eine Überlegung wert.

Der Schuss war ein Zufallstreffer gewesen. Beier hatte noch nie in seinem Leben zuvor eine Waffe bedient. Er hatte, auch aus Ermangelung einer Alternative, einfach abgedrückt. Die Kugel musste direkt das Herz getroffen haben. Ein Blattschuss. Aus dem Hinterhalt.

Die Türschnalle bewegte sich leicht, nur kein Geräusch. Dann geradeaus und die Stufen hinunter zu den Schließfächern. Am Treppenabsatz bemerkte er, dass hinter ihm geschrien wurde und Alfred Zwiller mittlerweile nur wenige Stufen von ihm entfernt den selben Weg eingeschlagen hatte. Auf seinem Weg nach unten begegnete er, der jungen Kollegin, die wohl gerade die Toilette aufgesucht haben musste.

„Frau Bauer, schnell."

„Was ist los da oben, ich hab einen Knall gehört."

„Ned reden, wir müssen da rein."

Laban sprang über den Geldausgabeschalter, drehte sich zu Beier um und rief ihm zu: „Du bleibst da, lass kan einer. Setz dir des Kapperl von dem Trottel auf und sag, es is zua wenn wer kommt." Dann hetzte er dem flüchtenden Kassier nach. Er selbst wollte keinen Schuss abgeben, nicht einmal einen zur Warnung. Er wusste, dass wenn er von seiner Waffe gebrauch machen würde, es, im Falle einer Festnahme, noch schlimmer um ihn stand. Somit stand er kurz darauf vor einer verschlossenen Stahltür im Schließfachraum. Er versuchte zwar, sie zu öffnen, gab aber gleich wieder auf, da er die Sinnlosigkeit seiner Aktion erkannte.

2 – Der Plan

„Das ist narrensicher, ihr könnts mir das ruhig glauben."

„Möglich, ist ohnehin egal, wir brauchen die Marie."

„Und was mach ich dabei?"

„Du machst gar nix, du bist unser Alibi. Wir waren bei dir, die ganze Nacht und ham unsern Spaß ghabt."

„Ja, das kann ich mir vorstellen. Und wenn die Kieberer kommen?"

„Dann sind wir alle im Bett und schnarchen."

„Klingt gut, hoffentlich haut das auch hin."

„Sicher, was kann da sonst schon passieren. Schau, wir ziehen das durch, verstecken das Geld und dann kommen wir her, lassen uns volllaufen, damit die glauben, wir sind von gestern noch fett."

„Klar, das hab i schon verstanden. Und wenns mi fragen, was los war?"

„Na dann erzählst du ihnen, dass wir da waren, a bissl Party gemacht haben und dann sind wir zu dritt ins Bett, das wirst ja wohl schildern können."

„Das kann i sicher, wäre ja ned das erste Mal."

„Na eben."

„Und wenn euch was passiert?"

„Geh bitte, was soll schon passieren? Wir gehen dort rein und in drei Minuten sind wir wieder draußen. Bis die Kieberei da ist, sind wir schon längst weg."

Die Idee selbst, war schnell am Tisch, die Notwendigkeit einer Finanzspritze nicht zu leugnen gewesen, und da

Martin Laban nie um Ideen verlegen war, schlug er seiner Lebensgefährtin vor, einen Juwelier zu überfallen. Sie war sofort Feuer und Flamme für die Idee gewesen, ihr Enthusiasmus schwand aber wieder, als die Details ausgearbeitet wurden und sie somit eine tragende Rolle zugewiesen bekam. So zog sie ihre Zusage an einer aktiven Mitwirkung zurück und bekam alsbald die Rolle des Alibis; zugegebener Maßen ein recht attraktives Alibi. Als Ersatzpartner wurde ein langjähriger Freund der beiden, Egon Beier, vormals für einige Monate Lebensabschnittspartner von Monika Schwarz, die jetzt eben mit Martin Laban zusammen lebte, auserkoren. Die Sprengkraft, die diese Konstellation in normalen Verhältnissen wohl haben mochte, war hier keineswegs gegeben. Beier war nicht selten Gast bei den beiden und blieb auch regelmäßig über Nacht; er schlief bei solchen Gelegenheiten nicht nur auf der Couch im Wohnzimmer. Da nun ein weiteres Maul zu füttern war, entschied man sich, den Juwelier durch eine Bankfiliale der Raiffeisen Landesbank zu ersetzen. Das Unternehmen wurde dadurch brisanter und bot nun auch Nervenkitzel auch erotischer Art.

Martin Laban hatte ein kostspieliges Hobby. Er besuchte leidenschaftlich gerne die Spielhallen im Prater. Er hatte dort einen Großteil seiner Jugend zugebracht und es war ein vertrautes Gefühl für ihn, sich dort aufzuhalten. Der Vergleich, ein Sonntagsbesuch bei den Eltern zum Mittagessen, hinkt in diesem Fall keineswegs, vorausgesetzt man hatte selbst eine schöne Kindheit gehabt.

Laban war arbeitslos, seine Lebensgefährtin jedoch jobbte halbtags als Regalbetreuerin bei Billa am oberen Ende der Meidlinger Hauptstraße. Ohne Labans Ausflüge in den Prater würden die beiden ganz gut über die Runden kommen; die Wohnung, die sie sich teilten, hatte Laban von seiner Großmutter übernommen, dementsprechend niedrig war die Miete, die in heutigen Tagen ja einen Großteils des Budgets beansprucht. Mit Mindestsicherung und diversen Zuschüssen war das Leben unter diesen Umständen ganz gut für die beiden zu meistern. Laban hatte auch nicht das Verlangen nach einem Riesencoup, er wollte aber das Schicksal nicht herausfordern, trotzdem aber dachte er bei sich, einmal etwas Großes und dann ist Ruhe für längere Zeit. Nachdem die Wahl letztlich auf die Raiffeisenfiliale Meidlinger Hauptstraße/Ecke Pohlgasse gefallen war, gab es lediglich noch die Überlegung, wann es denn geschehen sollte.

„Weißt du, dass die meisten Banküberfälle kurz vor Weihnachten stattfinden?"

„Na, hör ich zum ersten Mal."

„Die Leute brauchen halt ihr Weihnachtsgeld. Geschenke für die Kinder."

„Versteh ich. Und für die Gattin."

„Genau, die Leute wollen ja entsprechen. Überall die Werbung, und man will ja auch zeigen, was man hat. Die Kinder haben in der Schule sowieso schon den Druck, alleine was jeder erzählt, was er alles kriegt. Und da muss man halt mithalten."

„Hast wieder deine moralischen fünf Minuten."

„Nein, aber ich versteh das nicht. Alle müssen perfekt funktionieren, alles geben, immer freundlich sein. Wie soll des funktionieren? Vor allem auf Dauer und noch dazu, wenn eh immer alles schneller wird."

„Das funktioniert eh ned."

„Na, eh nicht, sag ich ja, der Mensch bleibt auf der Strecke. Aber das ist dem System wurscht. Da machen wir lieber noch mehr Scheiße fürs Fernsehprogramm, damit man abschalten kann und am Wochenende noch mehr Party. Idiotenclubbing für Roboter. Und alle marschieren fleißig mit, und glauben sogar no, dass is ihre Freiheit. Ka Wunder, dass so ausschaut, wies ausschaut."

„Du hast eh recht, aber was sollen wir da jetzt tun?"

„Eh nix, i sag ja nur."

„Dann warten wir eben bis nach Weihnachten."

„Das hab ich mir auch gedacht, das ist eh so Niemandslandzeit, da erwarten die das nie."

„Passt, aber mit Geschenke wird's dann aber nix."

„Geh bitte, was willst mir denn schenken?"

„Glaubst, dass ich dir das jetzt sagen würde?"

„Wahrscheinlich nicht."

„Genau, also lass ma das."

Das Wetter in Wien war diesen Dezember genau so, wie all die Jahre zuvor. Es schneite bis kurz vor Weihnachten, dann kam der Fön. All jene, die das Fest der Liebe gerne klassisch mit Schnee verbrachten, sich an ihre Kindheit erinnern wollten, wurden in der Bundeshauptstatt mit schöner Regelmäßigkeit enttäuscht. Man gewöhnte sich aber daran, wie man sich an vieles gewöhnt, das man nicht ändern kann.

3 – Die Geisel

„So, ab! Wir hauen uns über die Häuser."

„Das geht nimma."

„Komm, mach kane Witz, wir müssen weg."

„Die Kieberei is schon da."

„Was?"

„Ja, zwei Streifenwagen stehen da draußen."

„Vielleicht sind die ja ned wegen uns da."

„Doch, die sperren die Gassen, schau, da kommt a dritter."

„Scheiße, scheiße, scheiße. Wieso hast du dem sei Jacken auch noch angezogen?"

„Damits besser ausschaut, so a Kapperl kann man sich ja schnell aufsetzen."

„Trottel."

„Ist jetzt aber eh egal. Es is aus."

„Bist deppat, gar nix is aus. Aus is es noch lang nicht."

„Wir kommen da nie auße."

„Doch, wir ham a Geisel."

„A Geisel?"

„Na drah di um."

Radinka Vukic blickte auf. Sie zitterte am ganzen Leib, und das kam wahrlich selten vor. Sie hatte in ihrem Leben schon so Einiges durchgemacht, in solch einer Situation war sie aber noch nie gewesen. Jetzt starrten zwei Augenpaare auf sie. Sollte sie etwas sagen, oder still bleiben. Die Frage erübrigte sich.

„Kumm her."

„Bitte, was wollen sie?"

„Na, nix von dir, du bist nur die Begleitung. Quasi der Fahrschein."

„Lassen sie mich da, ich werd nix sagen, gar nix."

„Was willst nix sagen, gemma, wir müssen da raus."

Laban warf sich die Tasche mit dem Geld über die Schulter, nahm Radinka Vukic beim Genick und hielt ihr die Waffe an den Schädel. So trat er, knapp gefolgt von Egon Beier, aus der Filiale heraus, auf die Meidlinger Hauptstraße.

*

„Kommen wir da eh wieder raus?"

„Liebe Frau Bauer, ich bin nicht umsonst seit Jahren hier der Filialleiter, vertrauen sie mir doch."

„Seit Jahren, ich weiß."

„Was soll das heißen?"

„Gar nichts."

„Bitte, können wir das lassen? Ich glaub wir sind nicht zum Spaß hier."

„Ob die schon weg sind?"

„Woher soll ich das wissen, man hört hier ja nichts durch. Ist ja dicht."

„Kommt da überhaupt Luft rein?"

„Das ist doch jetzt egal. Wir bleiben ja nicht hier, wir werden ja wieder hinaus gehen. Aber jetzt warten wir noch."

„Aber wie lange?"

„Ja keine Ahnung, bitte, alles mit der Ruhe. Das ist für mich auch der erste Überfall."

„Ich glaub für uns alle."

„Nein, ich war vorher in der Filiale in Simmering, da war auch einmal einer. Dann hab ich mich versetzen lassen. Ich habs dort nicht mehr ausgehalten. Ich hab das alles immer wie in einem Film gesehen."

„Was ist dort passiert?"

„Ein Überfall, reicht das nicht?"

„Ja, ist schon ok, entschuldigung."

„Passt schon, wenigstens gabs dort keinen Toten."

„Was, einen Toten?"

„Ja, den Slobodan hats erwischt."

„Nein!"

„Doch. Das war der Schuss, fällt um und rührt sich nicht mehr."

Cornelia Bauer war mittlerweile blass geworden, zitterte am ganzen Körper und begann leise zu schluchzen."

„Was ist los Conny?"

„Gar nix!", brüllte sie ihn an.

„Sorry, wollt dir keine Angst machen."

„Ich hab keine Angst, du Trottel."

„Heh, was is los mit dir, warum fahrst mich jetzt so an?"

„Lass mich in Frieden."

„Herr Zwiller, lassens die Kollegin, es ist jetzt für uns alle eine belastende Situation."

Doch die Stille wurde von Minute zu Minute erdrückender. Die junge Frau saß am Boden in der Ecke, der Filialleiter bewahrte Haltung und stand neben der Tür. Lediglich Alfred Zwiller schritt nervös den Raum ab.

*

Die Beamten hatten Stellung bezogen, Passanten sammelten sich an den Absperrungslinien, um eine gute Sicht auf das Geschehen zu bekommen und auch einige Fenster waren von Neugierigen besetzt worden.

„Legen sie die Waffe nieder und lassen sie die Geisel frei!"

Die verzerrte Stimme, die aus dem Lautsprecher kam, schallte die Meidlinger Hauptstraße entlang. Nun musste wohl jeder in der Umgebung Bescheid wissen, was sich hier gerade abspielte.

„Schleichts euch, sonst ist die Alte tot." Laban versuchte seine Stimme stark und entschlossen wirken zu lassen, er schaffte es nur bedingt. Man konnte die Anspannung und seine Angst deutlich mitschwingen hören. Die beiden Männer mit ihrer Geisel, hielten sich dicht an den Geschäftsfassaden und bewegten sich langsam in Richtung Meidlinger Markt.

*

„Der Slobodan war mein Freund."

„Wie bitte?"

„Aber der ist doch verheiratet, der hat doch zwei Kinder."

„Na und? Der wird doch wohl selber wissen was er macht. Außerdem hat ers nicht leicht gehabt mit seiner Frau."

„Na super, du und der Tschusch."

„Na hätt ich mir mit dir was anfangen sollen? Du Romantiker mit deine Segelflugzeug."

„Ja, das tut gut, danke."

„Na was glaubst warum sich keine für dich interessiert, du hast nur den Blödsinn im Schädel, glaubst ned, dass des für die meisten zu fad ist. Du gehst ja nicht einmal Tanzen."

„Bitte meine Lieben, können wir das Private, zumindest jetzt ein wenig pausieren lassen?"

„Wir haben uns eh nicht oft gesehen. Ich glaube, ich war nur eine, die ihn durch die Krise bringen soll."

„Das Leben ist hart."

„Du bist echt ein Arsch, nur weil ich von dir nix wollt, machst mich jetzt fertig."

„Geh bitte, jetzt tu dich nicht selbst bemitleiden; und abgesehen davon, der Slobo ist eh hinüber."

„Ich bin schwanger von ihm."

„Was?"

„Ja, hat wahrscheinlich gleich beim ersten Mal hinghaut."

„Bitte wie lange rennt das zwischen euch?"

„Drei Monate, oder ein bissl weniger."

„Na und, was hättest wollen, dass er zu dir kommt?"

„Nein, er wollt nicht. Er hat gesagt, egal was ist, er hat seine Frau und er liebt sie, egal wie deppat sie grad ist."

„Ein Heiliger."

„Du bist echt ein Gefühlsmensch."

„Ja sicher, aber wenns ned so lang her ist, dann brauchst es eh nicht kriegen, Alimente kriegst eh keine mehr."

„Du bist so ein Arschloch."

„Danke. Und sag jetzt nicht, dass du das Kind von dem Jugo willst."

„Besser ein Kind von einem Jugo, als eins von dir."

„Bitte, lassen wir diese privaten Gespräche in der Dienstzeit, ich glaube wir haben jetzt andere Sorgen."

„In der Dienstzeit? Sie warten doch eh nur auf ihre Pension, sie lassen doch eh alle anderen die Arbeit machen. Was machen sie eigentlich, nur unterschreiben?"

„Bitte Frau Bauer, werdens nicht persönlich. Ich weiß, dass das eine Ausnahmesituation jetzt ist, aber die rechtfertigt auch keine verbalen Entgleisungen."

„Jaja, immer schön die Form waren. Wie lang hat es denn gedauert, bis hier überhaupt jemand gewusst hat, dass ihr Frau weg ist."

„Frau Bauer, können wir das jetzt lassen?"

„Was sollen wir lassen? Stimmt doch, sie haben sich das doch eine Ewigkeit nicht zugegeben traut."

„Das war keine leichte Zeit für mich, können sie das verstehen?"

„Klar kann ich das verstehen, sie sind halt ein Feigling, sie können nicht dazu stehen, was passiert ist, wenns nicht in ihren Plan passt und sie schlecht dabei aussteigen."

„Frau Bauer, das reicht jetzt."

„Klar reichts, sie sind ein Weichei. Wahrscheinlich hat sie ihre Frau auch deswegen verlassen. Wer will schon mit so einer toten Hose sein Leben verbringen."

„Frau Bauer, sie sind jetzt umgehend still. Das wird sonst Konsequenzen haben."

„Ha, was für Konsequenzen, sie trauen sich doch sowieso nichts tun, und außerdem brauchens eh für alles den Segen von oben. Und die da oben, die nehmen sie sowieso nicht ernst, die sind eh froh, wenns in einem halben Jahr nicht mehr da sind."

„So Frau Bauer, ihre Redezeit ist jetzt zu ende, sonst passiert was."

„Meine Redezeit? Von ihnen lass ich mir nicht den Mund verbieten. Wie wars eigentlich im Bett, auch Probleme?"

„Halt den Mund du kleine Fotze."

„Sehens, das sind sie."

„Bitte, beruhigen wir uns, das führt doch zu nichts."

„Noch ein Vernünftiger, sehr schön."

*

Laban und Beier waren, mit ihrer Geisel, mittlerweile an der Absperrung nach der Deichmannfiliale angelangt. Die Schaulustigen wichen umgehend zur Seite, so interessant war es dann doch nicht. Eine Kugel wollte niemand als

Eintritt akzeptieren. Man hatte doch zumindest einen Hund, um den man sich kümmern musste. Mit den Hunden war es in Wien immer schon so. Hundefraktion, starke Fraktion. Jahrelang konnte sich keine Regierungspartei dazu entschließen, etwas gegen die Hundekotinvasion auf Wiens Gassen zu unternehmen. Erst als man bemerkte, die Stammwählerschaft mit Hundeanhang war am Aussterben, rang man sich dazu durch, zumindest 36 Euro pro Haufen zu verlangen. Hunde waren in dieser Stadt immer noch beliebter als Kinder und so mancher Einwohner nahm diese Rangordnung sehr ernst.

Die Beamten, die direkt an der Ecke Pohlgasse Stellung bezogen hatten, kamen nun auch in Bewegung. Sie hatten ihre Waffen gezogen und bewegten sich langsam, auf Deeskalation bedacht, den Flüchtenden nach. Die bogen mittlerweile, nun schnelleren Schritts in die Bonygasse ein. An der Nordsee vorbei Richtung Tannbruckgasse.

„Wir brauchen an Wagen. Sonst kommen wir da gar ned weg."

„Ja, aber die san alle zu."

„Na, da vorn, da parkt jemand ein."

Sofort steuerten die beiden mit ihrer Geisel auf den schwarzen Ford zu, rissen die Fahrertür auf und Martin Laban zog die junge Dame an ihren blond gefärbten Haaren vom Sitz.

„Die Holde setzt sich am Beifahrersitz und du bleibst hinter ihr."

„Bitte, mich lassen gehen. Jetzt könnens eh weg, bitte. Muss ich zum Hund zhaus, und morgen kommen meine Enkerln."

„Ganz ruhig, dann passiert niemand was. Wir machen eine kleine Reise."

Gerade als Beier die hintere Schiebetür schließt, tauchen die ersten Beamten aus der Bonygasse auf. Laban lässt den Motor aufheulen und gibt Gas. Mit quietschenden Reifen gewinnt der Ford an Fahrt. Da eröffnet ein Beamter das Feuer.

4 – Die Flucht

„Wie war das bei dem Überfall in Simmering?"

„Ich will nicht darüber reden."

„Wieso nicht? Jetzt ist es ja auch nicht besser."

„Ja, genau, deswegen will ich meine Ruhe. Und da raus. Wieso sind wir eigentlich noch da?"

„Weil wir nicht hinaus können."

„Wie bitte?"

„Wir können nicht hinaus."

„Warum können wir nicht hinaus?"

„Na weil, wenn die Tür von innen verschlossen wird, kanns erst von außen jemand aufmachen; das ist so eine Sicherheitsvorkehrung."

„Na super, warum sind wir dann da her?"

„Damit wir sicher sind, aber ich habs vergessen ghabt. Mir ist es jetzt erst wieder eingefallen."

„Und wie kommen wir dann raus?"

„Wenn jemand von außen kommt?"

„Ja, die müssen das von draußen aufmachen."

„Aber es kann ja ned jeder aufmachen."

„Nein, man braucht schon den Code und die Schlüssel."

„Und sie sind Filialleiter? Wie wird man das, wenn man so deppat ist?"

„Frau Bauer, bitte. Ich verstehe eh, dass es ihnen jetzt auch nicht gut geht, vor allem mit dem Kind, aber-„

„Halt die Goschn, du redst gar nix über mein Kind."

„Frau Bauer, bitte."

„Lassts mich doch alle in Ruhe."

„Naja, a gescheiterte Ehe, a Tschuschenbankert, ohne Vater. Das ist auch kein leichtes Los."

„Was weißt denn du schon, jeder Proletenmaurer ist besser als du."

*

„Kumm, gib Gas, wir müssen schnell weg. Die schießen schon."

„Ja, klar, die schießen, ich fahr eh. Sei still."

Es fielen noch drei weitere Schüsse, wovon zwei aber am Auto vorbeigingen, einer jedoch zertrümmerte die Heckscheibe. Ein verkraftbarer Treffer. Laban konzentrierte sich auf den Verkehr. Um diese Zeit war auf der Ruckergasse, aufgrund der Weihnachtsferien, nicht viel los. Er bog links ab, Richtung Philadelphiabrücke und überfuhr dort die rote Ampel. Das Hupen der anderen Verkehrsteilnehmer störte ihn keineswegs. Er war am Überlegen, wohin er fahren sollte. Direkt zu Monika wäre ein Risiko. Ein weiteres Risiko war der gestohlene Wagen, sie konnten ihn wohl nicht lange benutzen, bevor eine Fahndung durchgegeben wurde und jede Funkstreife, die Augen offen halten würde. Die Situation war eskaliert. So war das alles nicht geplant gewesen. Zugegeben, sie hatten etwas blauäugig dieses Projekt geplant. Jetzt waren Laban und Beier auf der Flucht, es gab eine Geisel und es gab einen Toten, ein weiterer sollte bald folgen.

*

„Ich bin nicht wegen dem Überfall aus Simmering weg."

„Aha, warum dann?"

„Wegen dem Unfall."

„Was für ein Unfall?"

„Ja genau! Deswegen kommt mir Simmering so bekannt vor. Da ist die Tramway in die Filiale gfahrn."

„Stimmt."

„Da hats aber schon einen Toten gegeben."

„Ja, und eine Tote."

„Nein, da war nur ein Toter. Der ist zerquetscht worden."

„Ja, aber der hat eine Tochter gehabt. Die hat sich auf das hinauf das Leben genommen."

„Was?"

„Ja, was? Das."

„Und deswegen bist dort weg?"

„Ja, deswegen. Jeden Tag bin ich dran erinnert worden. Sowas hält man nicht aus. Das ist so, wie wenn dich die

Frau verlässt und du kriegst die Kinder. Da siehst jeden Tag, was schief grennt ist."

„Geh bitte, da kann man immer neu anfangen."

„Klar, wennst jemand bist, der neu anfangt. Und ned jemand, der das so nicht will."

„Ja wer will das schon."

„Aber sie haben eh neu begonnen. Sonst wärens ja nicht woanders hin."

„Ja, hab ich eh neu begonnen."

„Aber ich versteh das nicht mit der Tochter."

„Was verstehst ned mit der Tochter, die hat sich umgebracht."

„Und warum geht dir das so nahe?"

„So halt, das war nicht notwendig."

„Klar war das nicht notwendig, aber ändern kannst es auch nicht."

„Eh nicht, für niemanden."

„Was soll das wieder heißen?"

„Dass ich es auch nicht für andere ändern kann."

„Für wen?"

„Fürs Kind."

„Was für a Kind?"

„Die war schwanger."

„Arg, und wieso weißt du...,na, echt?"

„Ja, war meins. Wir waren kurz zusammen, aber anscheinend war ich ihr zu fad, wie du so schön vorher gsagt hast."

„Ja, das kann ich ja nicht wissen."

„Eh egal."

„Und die bringt sich einfach um; mit dem Kind?"

„Ja, war so."

„Nur weil der Vater tot ist?"

„Ja, wie oft willst das jetzt noch wiederholen?"

„Na weil das komisch ist. Da muss ja noch mehr gewesen sein."

„Was soll gewesen sein?"

„Frau Bauer, lassens ihn doch."

„Nein, ich will das jetzt wissen. Von mir wissts ihr beiden jetzt auch alles. Also, was war da?"

„Sie hat Schluss gmacht. Und ihr Vater hat gsagt, sie werden das schon schaffen. Sie war echt fertig. Sie wollt nicht allein sein mit einem Kind. Aber er hat gsagt, wenn sies will, dann hilft er ihr."

„Und dann war er tot."

„Genau."

„Das tut mir leid."

„Das hilft mir jetzt auch nichts mehr. Weil i hab nämlich gar nix mehr, nur meine Segelflieger."

Der schwarze Ford brauste die Wienerbergstraße entlang, um kurz vor der Wiener Gebietskrankenkasse, rechts abzubiegen.

„Sie steigen jetzt aus. Schönen Tag noch."

„Danke, danke."

Radinka Vukic wuchtete ihren Körper vom Beifahrersitz hoch und verließ den Wagen. So schnell wie sie jetzt das Weite suchte, war sie wahrscheinlich die letzten dreißig Jahre nicht mehr unterwegs gewesen.

„Und du kumm jetzt nach vor. Dann stell ma den Wagen wo ab und schauen weiter."

Laban bekam keine Antwort. Er drehte sich um, und sah seinen Freund auf der Rückbank liegen. Der Stoff der Bezüge war blutgetränkt. Egon Baier musste die Kugel, welche die Heckscheibe durchschlagen hatte, abbekommen haben. Laban beugte sich nach hinten, bemerkte aber, dass Beier nicht mehr atmete.

„Scheiße", entfuhr es ihm. Dass an einem einzigen Tag einfach alles schief gehen musste. Laban stieg aus und öffnete den Kofferraum. Eine Hundebox, mehrere Wasserflaschen und ein Rucksack. Den brauchte er jetzt. Er musste die blaue Tasche los werden. Laban verfrachtete die Scheine in den schwarzen Rucksack, schloss den Kofferraum und machte sich zu Fuß auf den Weg.

5 – Die Fahrt

Die Arndtstrasse war um diese Zeit nur noch von Straßenlaternen erhellt. Es war niemand unterwegs und die meisten Anrainer selbst, mieden um diese Zeit die Gegend. Martin Laban hatte den Tag am Wienerberg verbracht, war rund ums Budocenter geschlichen und kurz beim Hofer gewesen. Er hatte keinen Plan. Einerseits wollte er nach Hause, ob es dort aber sicher war, wollte er erst am Abend herausfinden. Nun stand er zwei Häuser von seiner Wohnung entfernt, registrierte, dass Licht brannte und wollte schon losgehen, als er die Glut der Zigarette, im letzten Moment kurz aufblitzen sah. Jemand saß in einem Auto, keine zehn Meter von seinem Hauseingang entfernt. Es konnte ein Zufall sein, andrerseits aber auch ein großes Risiko. Wie waren sie so schnell auf ihn gekommen? Gut, sie hatten leichtsinnigerweise keine Masken übergezogen, daran hatten sie nicht gedacht. Wahrscheinlich hätten sie das ganze Vorhaben doch nüchtern planen sollen und nicht immer Schäferstunden zu dritt einschieben. Er könnte sich deswegen jetzt selbst eine Ohrfeige verpassen. Dafür war es aber zu spät und es würde nichts daran ändern. Laban durchquerte den Meidlinger Park, der um diese Zeit, von ein paar wenigen Gestalten abgesehen, die dort ihren dunklen Geschäften nachgingen, menschenleer war. Nur niemanden ansehen, das wusste er. Die Nacht lag nun vor ihm.

*

Die Sonne weckte Martin Laban um kurz nach sieben Uhr früh. Er hatte mehrere Häuser nach einem geeigneten

Schlafplatz durchsucht, und war, nach etwa einer Stunde, fündig geworden. Ein Holzschuppen im Innenhof eines heruntergekommenen Zinshauses. Er war durch das lose Fenster eingestiegen und hatte zu seiner Verwunderung einen Stapel Decken vorgefunden mit denen er sich sein Nachtlager richtete. Zwischen Reinigungsgeräten und Blumentöpfen schlummerte er unruhig, wachte immer wieder auf, um im ersten Moment gar nicht zu wissen, wo, und warum er überhaupt hier war. Laban raffte sich auf, lugte beim Fenster hinaus und verließ den Schuppen auf dem selben Weg, wie er ihn betreten hatte; nicht ohne den schwarzen Rucksack mitzunehmen. Auf der Gasse, zog er seinen Kragen so hoch es ging und schritt zügig, jedoch, um nicht aufzufallen, ruhig dahin. Er hielt Ausschau. Laban würde einen Wagen brauchen, um aus der Stadt zu kommen. Er hatte eine Idee, wo er die nächste Zeit verbringen konnte. Zumindest, falls es dort noch so war, wie er es in Erinnerung hatte.

Der Wagen, den Martin Laban ins Auge gefasst hatte, war ein dunkelblauer Opel. Der würde, allem Anschein nach, nicht unbedingt auffallen. Und das war wichtig. Man konnte sich doch nicht aus dem Staub machen, und dabei die ganze Stadt zusammenrufen, und sei es nur eines auffälligen Autos wegen. In einem Handyshop kaufte er sich ein gebrauchtes Telefon samt Wertkarte und rief umgehend seine Lebensgefährtin an.

„Ich bins."

„Wo bist du?"

„Egal."

„Bitte, was war da los? Ihr habts wen umbracht?"

„Der Egon hat den erschossen, i ned."

„Ja, aber trotzdem. Du kannst da ned anrufen, die überwachen sicher das Telefon."

„I hab a Wertkartenhandy. Die finden mich nicht."

„Sag schon, was ist passiert?"

„Es is alles schief grennt. Da war nix zum machen."

„Wo ist der Egon?"

„Ned bei mir. Den ham die Kieberer erschossen."

„Was?"

„Ja, im Auto."

„Was für a Auto?"

„Wir haben a Auto braucht. Für die Flucht."

„Und was machst du jetzt?"

„Ich weiß nicht, irgendwohin."

„Lass mich zu dir."

„Das ist zu gefährlich."

„Na, bitte, ich hab so a Angst. Ich brauch dich."

„Ja, wir machen das schon."

„Wie geht's dir?"

„Naja, scheiße halt. Aber sonst ist alles ok."

„Bist verletzt?"

„Nein. Ich meld mich wieder."

„Na, wart noch."

„Hör mir zu, wir stehen das durch. Ich check was, und dann kommst du nach, ok?"

„Ok, aber bitte meld dich."

„Ja, ich liebe dich."

Laban beendete den Anruf und ging zum Wagen. Er setzte sich hinter das Steuer, schloss die Tür und startete.

Zweiter Teil

6 – Die Wolken

„Habts ihr die Wolken gsehn?"

„Welche Wolken?"

„Na, die Wolken da draußen."

„Ja sicher ham mia die Wolken gsehn, wieso?"

„Ja wissts ihr denn gar nix mehr?"

„Was soll ma denn jetzt wieder wissen?"

„Wenn die Wolken so stehen, dann passiert wos!"

„Wos sollt denn da jetzt passieren?"

„Ja ich weiß es auch nicht. Aber das hat mir schon mein Großvater erzählt, und dem hats der seinige gsagt."

„Wos?"

„Dass, wenn die Wolken so stehen, dann kommt was."

„Najo, irgendwas kommt immer."

„Ja, aber was Schlechtes."

„A geh, was haben die Wolken denn da damit zum tuan?"

„Ihr werds schon noch sehn. Es war immer schon so. Wissts ihr nimma, wie der Hof vom Stadler abgebrannt ist. Da waren die Wolken auch so."

„Geh bringts dem Franz noch a Bier. Der braucht was zum Trinken, dem ist das Hirn schon austrickert."

„Ja, und von mir an Schnaps."

„Danke, Burschen, aber machts euch ned lustig, mit dem Schicksal derf ma ned spielen. Irgendwas kommt. Ich weiß nur nicht was."

„Wie mei Frau auszogn ist, da waren aber ned solche Wolken."

„Ja, das war ja auch ein Glück für dich. Aber wie die Lena vom Steiner ihr Kind gekriegt hat, waren die Wolken auch so. Und drei Tage später war sie tot."

„Alles ein Zufall Fritz."

„Des sogst du, wie willst du das genau wissen?"

„Eh ned, aber wie willst du das wissen, was du da verzapfst?"

„Weil es immer schon so war. Und ganz egal, ob du das glaubst, wenn die Wolken so stehn, dann kommt was."

„Aber geh."

„Forderts halt das Schicksal jetzt ned zu sehr heraus, es kann auch eine Warnung sein."

„Ja, klar. A Warnung, dass ma ned zu viel saufen."

Der letzte Satz ging im allgemeinen Gelächter unter. Die stark verrauchte Gaststube war gut besucht. Die meisten

Männer im Dorf trafen sich hier nach getaner Arbeit. Würde ein Fremder zur Türe herein kommen, er würde gemustert werden, die Stimmen würden verstummen und der Wirt würde ihm mürrisch sein bestelltes Bier bringen, mit der Hoffnung, der Gast würde schnell wieder gehen. Für den Gast selbst, wäre es wahrscheinlich eine Zeitreise. Die Uhren waren hier wohl stehen geblieben. Im Winter war das noch deutlicher bemerkbar als im Sommer. Man mochte hier keine Ortsfremden. Es war eine eingeschworene Gemeinde, die gerne unter sich blieb. Ob es hierfür einen Grund gab, würde hier wohl niemand so recht beantworten können. Ob es einen geben musste, lag wohl irgendwo zwischen den Zeilen.

7 – Die Hütte

Als Kind glaubte man ja noch an recht viel. Zum Beispiel, dass der Papa der Stärkste auf der ganzen Welt war, also mindestens ein Held. Für Martin Laban war das auch nicht anders gewesen, und sein Vater ein Held für ihn. Die gemeinsamen Ferien waren immer der Höhepunkt der Zeit, die er mit ihm verbringen konnte und in dieser Zeit, wurde Labans Meinung über seinen Vater gefestigt. Sein plötzlicher Tod, Laban war siebzehn, hatte ihn aus der Bahn geworfen. Nicht offensichtlich, seine Umwelt nahm keinerlei Veränderung an ihm war, in seinem Innersten aber, stimmte vieles nicht mehr überein. Das einzige was ihm geblieben war, war die Erinnerung. Der Rest der Familie schwieg über das Geschehene oder bemitleidete sich selbst, und das über Jahre. Jetzt hatte sich Laban auf den Weg zu seinen Erinnerungen gemacht. Er wusste nicht warum, aber als er darüber nachdachte wohin er denn konnte, um sich für eine Weile zu verstecken, fiel ihm umgehend ihr gemeinsames Feriendomizil ein. Gut, es war kein Feriendomizil im üblichen Sinn, es handelte sich hierbei um eine Hütte in der nördlichen Steiermark, die Jahr für Jahr, im Sommer den Rückzugsort für Vater und Sohn dargestellt hatte. Sie lag nicht direkt im Wald, war aber abgelegen und uneinsichtig. Noch dazu war sie nicht winterfest. Das war der Hauptgrund, warum sie Laban ausgewählt hatte. Er hoffte nur, dass es sie noch gab, man wusste ja nie. Möglicherweise hatte sie längst einem hypermodernen Wellnesshotel weichen müssen, das sich ein vifer Architekt zusammen mit einem Bürgermeister ausgedacht hatte um den Tourismus der gehobenen Klasse anzukurbeln. Es gab zwar Schutzbestimmungen, aber wenn niemand da war um auf sie aufmerksam zu machen, was sollte es, und nicht jeder Gemeinderat war ein grüner Ökofreak. Laban erinnerte sich nicht mehr all zu genau an den Weg dorthin, er wusste wie der Ort hieß, kannte die Landschaft aber nur in sattem Grün und gleißendem Sonnenlicht. Jetzt, im Zwielicht, waren die schneebedeckten Felder kaum voneinander zu unterscheiden, die Bäume, die ihre Blätter schon vor Monaten verloren hatten, standen da, wie mahnende Geister, die sich trotz eisigen Windes nicht bewegten. Es war wohl die Anordnung der Hügel gewesen, die Laban dazu veranlassten, in die schmale Forstraße einzubiegen. Er fuhr langsam, der Steigung entsprechend zwischen lichten Baumreihen dahin, bis er abrupt stehen blieb. Mit diesem Wagen durfte er hier nicht gesehen werden. Das Kennzeichen war zwar durch den nassen Straßendreck mittlerweile unlesbar geworden, ein gestohlener Wagen war aber immer ein nicht zu unterschätzendes Risiko. Er musste ihn also loswerden. Laban drehte bei der nächsten Möglichkeit um und verließ den erinnerungsträchtigen Ort. Die nächsten Kilometer überlegte er, wo er den Wagen abstellen konnte. Er würde ihn ohnehin nicht mehr brauchen. Für die

Heimreise, wenn es denn eine geben sollte, würde ein neues Auto gefunden werden.

Es dämmerte mittlerweile. Laban hatte sich von zwei Autos mitnehmen lassen. Jedem der beiden hatte er erzählt wohin er wollte. Jedem etwas anderes und keinem die Wahrheit. Jetzt war er kurz davor, sein Ziel zu erreichen. Den schwarzen Rucksack hatte er mittlerweile durch eine rote Sporttasche ersetzt, hatte sich mit Lebensmittel für die nächsten Tage eingedeckt und verfluchte gerade die Idee, hierher zu kommen. Er war nun seit mindestens einer Stunde zu Fuß unterwegs. Unter normalen Umständen wäre das kein Problem gewesen bei diesen Temperaturen aber, und kurz nach Einbruch der Dunkelheit, schon. Seine Kleidung entsprach nicht unbedingt dem, was man zu solchen Ausflügen am Körper trägt. Zu seiner Verteidigung aber sei gesagt, er hatte davon ja nichts wissen können. Und jetzt war er nun einmal hier.

Die Tür wollte er nicht aufbrechen. Es könnte jemandem eher auffallen, als wie zum Beispiel ein Fenster an der Rückseite, dass sich ohne jegliche Mühe aus den Angeln heben ließ, zu öffnen. Weit und breit war niemand zu sehen oder zu hören. Der frühe Einbruch der Dämmerung hatte auch seine Vorteile. Würde sich ein Wagen nähern, man würde die Scheinwerfer schon von der Weite sehen, als Warnung. Laban warf die Tasche durch das offene Fenster und kletterte darauf selbst hindurch. Er verrammelte es wieder, sodass er nun im sicheren Inneren der Hütte war. Seine Augen mussten sich erst an die Dunkelheit gewöhnen. Er hatte Kerzen gekauft, da er nicht wusste, ob welche hier sein würden. Der helle Schein warf auch seinen Schatten. Der Raum, in dem er sich befand, war der Schlafraum. Mehrere Stockbetten befanden sich, dicht aneinander gedrängt, um auch größeren Gruppen ein Quartier für die Nacht zu bieten. Laban konnte sich erinnern, wie er damals in seinem Bett gelegen hatte, gleich dort neben der Türe, und mit einer Taschenlampe seine Comics gelesen hatte. Sein Vater war wohl gerade vor der Hütte gewesen, hatte geraucht und sein Bier getrunken, so wie er es immer getan hatte. Im Anschluss an den Schlafraum, musste sich wohl der große Wohnraum mit Küche befinden. Sie hatten damals immer selbst gekocht; das war etwas gewesen, das ihm sein Vater auf den Weg mitgegeben hatte. Würde, und die Gewissheit, sich selbst versorgen zu können, etwas Unabhängigkeit konnte nie schaden. Laban hatte schon lange nicht mehr gekocht. Er würde es auch in den nächsten Tagen nicht tun. Möglicherweise würde er nie wieder kochen. Sein Proviant bestand aus einem Laib Brot, mehreren Würsten, zwei Packungen gekochten Eiern, mehreren Flaschen an Getränken und einigen Konservendosen. Heutzutage benötigte man für diese nicht einmal mehr einen Öffner. Nachdem sich Laban vergewissert hatte, dass die Hütte derzeit nicht benutzt wurde, dicke Staubschichten beruhigten seine Nerven, nahm er sein neu gekauftes Handy aus der Tasche und schaltete es ein. Das Display war eine weitere Lichtquelle und erzeugte einen unheimlichen Schein auf seinem Gesicht. Er gab die einzige Nummer ein, die er auswendig wusste, die seiner Lebensgefährtin. Das Gerät wählte zwar, doch es war keine Verbindung zu bekommen. Kein Empfang. Laban probierte es im Nebenraum ein weiteres Mal, doch auch dort zeigte das Display nicht einen Strich Netzwerk. Neben der Eingangstüre, an einem Nagel, hing ein Schlüsselbund.

Laban nahm ihn an sich. Einer der beiden Schlüssel passte und sperrte das Schloss. Er öffnete die Türe und trat vor die Hütte. Es war ihm etwas unheimlich zu mute. Er würde sich wohl erst an die finstere Umgebung gewöhnen müssen. Normalerweise war er nicht ängstlich. Sein Gefühl war wohl der Situation und der ungewohnten Umgebung geschuldet. Er versuchte wieder zu wählen, doch auch hier gab es keinen Empfang. Nun gut, er würde sich morgen melden. Die Strapazen der letzten beiden Tage forderten ihren Tribut und Laban kehrte in die Hütte zurück. Er verschloss die Türe und ließ den Schlüssel stecken. Dann öffnete er seine Tasche und holte die Geldscheine hervor. Er versteckte sie unter zwei Matratzen im Schlafraum. Danach öffnete er eine Dose mit Fleischschmalz, nahm den Laib Brot und schnitt drei Scheiben davon ab. Geschirr, Besteck und Küchenutensilien waren vorhanden, zumindest alles, was er in der jetzigen Situation benötigte. Dann aß er still und dachte kurz an Egon Beier. Er hatte ihn noch nicht all zu lange gekannt und dementsprechend hielt sich sein Schmerz in Grenzen. Warum musste er auch abdrücken? Somit war aus einer recht sicheren Sache, eine

Katastrophe geworden. Er würde wohl jahrelang auf der Flucht sein, wenn ihm keine Lösung einfallen würde. Und eine Lösung musste ihm einfallen, es musste eine Möglichkeit geben mit Monika, wohin auch immer zu gehen. Das Geld würde nun für eine Flucht reichen müssen, für einen Neuanfang war es zu wenig. Vom Regen in die Traufe. Nun, das Schicksal hatte entschieden und es war nicht mehr zu ändern. Er musste jetzt mit der Situation umgehen, die Ursache konnte er nicht mehr beheben.

Zur selben Zeit saß Monika Schwarz zu Hause vor dem Fernsehgerät und verfolgte die Nachrichten. Es wurde zwar berichtet, dass ein Täter flüchtig sei, weitere Informationen gab es keine. Hielt die Polizei ihr wissen zurück oder hatten sie wirklich keine Hinweise? Monika Schwarz konnte nur hoffen. Hoffen, dass Martin Laban in Sicherheit war, und hoffen, dass er sich bald wieder melden würde. Die Unsicherheit war zu viel für sie, sie wollte Gewissheit und seine Stimme hören. Und sie wollte wissen, wie es weitergehen sollte.

8 – Die Schatten

Die Nacht war kalt. Er hatte sich zwar unter mehren Decken eingehüllt, schwitzte deswegen und wachte immer wieder auf. Der eisige Winde heulte um die Hütte und trug seinen Teil bei, es nicht all zu angenehm für Laban zu machen. Im Grunde konnte er alleine sein, er war Zeit seines Lebens auf sich gestellt gewesen, selbst wenn er in Gesellschaft war, fühlte er eine bedrückende Einsamkeit in ihm schlummern. Jetzt aber war wieder so ein Moment in dem er damit nicht so recht umgehen konnte. Ein seltener Moment, der aber, solange er andauerte, seine Selbstzweifel wieder aktivierte, die ihm alles so hoffnungslos vorkommen ließen. Als die ersten Sonnenstrahlen den kommenden Tag andeuteten, stand er auf. Er war nicht ausgeruht. Jedoch ließ ihn die innere Unruhe seine Müdigkeit vergessen und er begann, sich für den Tag fertig zu machen. Das war im Nu geschehen. Seine Kleidung hatte er die Nacht über getragen, lediglich seine schwarzen Lonsdale Turnschuhe musste er jetzt anziehen. Dann trat er vor die Türe. Der Morgen in einer ungewohnten Umgebung hatte immer etwas mystisches für ihn, als ob er sich mit den fremden Energien erst etwas auszuhandeln hatte. Er war in unbekanntes Territorium eingedrungen und musste sich nun behaupten, sich seinen Platz erkämpfen. Er zündete sich eine Zigarette an. Er hatte sich gestern zwei Packungen Marlboro gekauft. Nervennahrung, in seiner jetzigen Situation vollkommen verständlich und vertretbar. Mit elf Jahren hatte er zu Rauchen begonnen. Es war am Fußballplatz gewesen. Ganz klassisch fragten ihn die Älteren ob er rauche. „Klar", hatte er geantwortet, obwohl es nicht gestimmt hatte. Das war der Grundstein seiner Sucht, die er Jahre später, mehr schlecht als recht, wieder in den Griff bekam. Das Aufhören war ihm mit dreiundzwanzig Jahren dann nicht schwer gefallen. Von Heute auf Morgen. Ohne Entzugserscheinungen. Es fehlte ihm lediglich an Willensstärke. Er rauchte danach weiter, zwar nicht mehr regelmäßig, aber immer in den dafür typischen Situation. In langen Nächten mit Freunden, oder eigentlich immer dann, wenn er mit Rauchern unterwegs war. Er bezeichnete sich trotzdem weiterhin als Nichtraucher. Was seine Freunde an ihm bewunderten, war aber, dass er eben auf einen Schlag wieder aufhören konnte und es ihm scheinbar nichts ausmachte, was auch wirklich der Fall war. Begann er aber zu Rauchen, dann rauchte er. Es war die Unmäßigkeit, die sein Schicksal bestimmte. Eine Charaktereigenschaft, die, richtig angewandt, zu seinem Vorteil genutzt werden konnte, er blieb dran, er verbiss sich in Angelegenheiten und führte sie zu Ende. Rauchte er, trank er, endete das nicht selten in Exzessen. Beim Sex war es genau so, er konnte einfach nicht zufrieden sein. Möglicherweise kompensierte er damit seine sonstigen Unsicherheiten, seine Einsamkeit, seine Melancholie. Der Rauch füllte seine Lungen und sein persönlicher Vorteil, als Nichtraucher war, dass er die komplette Wirkung auskosten konnte. Es wurde ihm ein wenig schwindlig und er musste sich auf die dürftig gezimmerte Holzbank neben dem Eingang setzen. Zwei tiefe Züge später hatte sich sein Kreislauf an die neuen Umstände gewöhnt und er steckte sich, nacheinander, noch zwei weitere Zigaretten an. Dann ging er wieder hinein, nahm sich eine Dose Espresso aus seiner Tasche und öffnete sie. Das kalte Getränk munterte ihn etwas auf. War es das Koffein oder der viele Zucker, es war ihm egal, denn es tat seine Wirkung. Er trank die Dose in drei Zügen leer, zerdrückte sie und warf sie in eine Ecke. Es war nicht seine Art Unordnung zu verursachen, alles musste seine Ordnung haben, alles seinen Platz, jetzt war es ihm aber egal. Dann aber hob er die Dose wieder auf und legte sie auf den Tisch, um den mehrere Sessel standen. Er ließ sich auf einem nieder und seinen Blick im Raum umherschweifen. Es war hier wirklich alles noch so, wie er es in Erinnerung hatte. Fast war es so, als sah er seinen verstorbenen Vater sich gegenüber sitzen, der früh morgens, wortkarg, selbst seinen Kaffee getrunken hatte, bevor sich beide in die Wälder der näheren Umgebung aufgemacht hatten, um einen Tag in der Natur zu verbringen. Die Natur an sich, liebte er. Die Annehmlichkeiten der Zivilisation ebenso. Die Stadt war für ihn eine praktikable Angelegenheit, die Einfachheit, alles und immer verfügbar zu haben, tat ihm aber nicht immer nur gut. Er brauchte die Herausforderung, die er sich zwar nicht selbst wählen würde, die er aber meisterte, sofern sie ihn nicht los ließ und nicht zu umgehen war.

Laban zog sich seine Jacke an und trat wieder ins Freie hinaus. Er schloss die Tür hinter sich ab und machte sich auf den Weg, um mit Monika telefonieren zu können. Es musste doch möglich sein, wenn er in die Nähe des nächsten Dorfes kam, Kontakt mit ihr aufnehmen zu können. Wie funktionierte das Leben hier draußen denn, wenn niemand sein Handy gebrauchen konnte. Und mittlerweile hatte selbst jeder Einsiedler so ein Ding, von den Bauern ganz zu schweigen. Die waren mittlerweile als solche, nur noch während ihrer landwirtschaftlichen Tätigkeiten zu erkennen, daheim sah es bei ihnen nicht anders aus, als in jeder Gemeindebauwohnung. Flatscreen, PC und weitere Segnungen der

Konsumgesellschaft. Natürlich hatten sie ihre geländegängigen Wagen, in der Garage daneben stand aber zumindest ein Ford, der sich auch in der Stadt sehen lassen konnte, schließlich musste man schon zeigen, was man hatte. Und womit sollte man sonst in die Arbeit fahren, von der Landwirtschaft selbst, konnte man schon lange nicht mehr leben.

Martin Laban ging die Forststraße entlang, in die Richtung, aus der er gestern gekommen war. Er war wachsam; sollte jemand kommen, würde er sich umgehend in die Böschung schlagen. Er durfte nicht gesehen werden. Die Menschen die hier lebten, waren Fremden gegenüber freundlich und argwöhnisch zugleich, er würde wohl umgehend Dorfgespräch Nummer eins werden, das war in seiner Situation aber verständlicherweise klar zu vermeiden. Im Wald herrschte grundsätzlich Rauchverbot. Das hinderte Laban aber nicht daran, sich eine weitere Zigarette anzuzünden. Er inhalierte tief und holte dann sein Telefon aus seiner Jackentasche hervor. Er musste es wieder einschalten. Es war ein einfaches Modell, ohne großen Bildschirm. Er hatte es mit Bedacht ausgewählt, denn er wusste nicht, wie lange er es benötigen würde und wann er die Möglichkeit dazu haben würde, den Akku wieder aufzuladen. Laban beobachtete das Display, wie es hell erleuchtet die Netzwahl anzeigte und er verspürte ein Glücksgefühl als zumindest ein Balken beim Empfang in voller LCD-Farbe aufleuchtete. Schnell tippte er die Nummer seiner Lebensgefährtin ein. Er hätte einfach die Wahlwiederholung drücken können, daran dachte er aber gerade nicht. Er vernahm das Freizeichen und kurz darauf die Stimme von Monika Schwarz.

„Ja, bitte?"

Wahrscheinlich hatte er sie geweckt, ihre Stimme klang müde und hatte noch nicht die wohltuende Färbung, die ihm immer das Gefühl gab, dass er nun endlich daheim war.

„Ich bins."

„Martin!"

„Ja."

„Wo bist du?"

„Ich kann dir das nicht sagen, das weißt du."

„Wie geht es dir?"

„Ganz gut. Es ist alles ok."

„Wann kann ich zu dir, es ist so trostlos ohne dich."

„Hier ist es nicht anders."

„Dann lass mich zu dir, ich kann ohne dich nicht."

„Ich vermisse dich auch. Aber jetzt hör zu. Ich werde mir etwas überlegen, aber wir werden weg müssen. Das ist alles zu viel gewesen."

„Wohin?"

„Ich weiß es noch nicht."

„Versprich mir, dass alles gut wird."

„Ich versprech es dir, wir kommen aus dem Ganzen raus. Glaub mir, du musst jetzt stark sein, aber ich versprech dir, deine Energie wird nicht verschwendet sein."

„An dich ist gar nichts verschwendet."

„Ich liebe dich."

„Ich liebe dich auch."

„Ich meld mich wieder, schau, dass du dein Handy immer bei dir hast. Und besorg dir ein Wertkartenhandy, aber sag mir die Nummer noch nicht, und ruf niemanden an damit."

„Ok. Warum?"

„Egal, ich sags dir später. Wir wissen nicht ob du abgehört wirst. Ich meld mich, ok."

„Ja, ok, aber bitte bald."

„Ja, ich versprechs. Bis dann."

Laban drückte die Verbindung weg. Natürlich war es für Monika nicht leicht, es war für beide jetzt nicht leicht.

Jeder war auf sich selbst gestellt, ohne Unterstützung durch den anderen. Aber da mussten sie jetzt durch. Sie hatten diesen Weg eingeschlagen und nun mussten sie ihn bis zum Ende gehen.

Er hätte sich wenigstens etwas zu lesen besorgen können. Egal was, etwas das ihn jetzt ein wenig ablenken würde, etwas das ihm half, die Zeit totzuschlagen.

Nach seinem morgendlichen Spaziergang war Laban wieder zur Hütte zurückgekehrt. Er verbrachte den Vormittag damit, das Geld zu zählen. Das Ergebnis ließ seine ohnehin schon schlechte Stimmung noch weiter absinken. Es waren knappe zweiundvierzigtausend Euro. Weg würden sie damit kommen, lange durch wohl nicht, wenn man bedachte, dass, egal wohin es ging, sie dort einen Neustart zu meistern hatten. Laban durchstreifte auch am Nachmittag die Gegend, bis kurz vor Einbruch der Dunkelheit. Er hielt sich abseits, war vorsichtig, sodass er nicht gesehen wurde. Die ganze Zeit in der Hütte zu verbringen war zu viel für ihn. Einerseits wusste er nicht so recht etwas anzufangen mit sich, andrerseits zog es ihn aber auch hinaus, er wollte Erinnerungen wecken, Erinnerungen die einen positiven und angenehmen Beigeschmack für ihn hatten Als er aber so durch den Schnee schritt und sich immer wieder an Erlebnisse mir seinem Vater erinnerte, wurde ihm bewusst, wie alleine er war. Es war schon schwer genug für ihn, sich in einem sozialen Gefüge einsam zu fühlen. Ganz auf sich allein gestellt, war keine Verbesserung seiner ohnehin angeschlagenen Psyche.

Monika Schwarz verbrachte den Tag vor dem Fernseher. Sie sah sich das übliche Programm an, trank dazu und ertappte sich immer wieder dabei Tränen in den Augen zu haben. Diese ganze Sache musste gut ausgehen, wie immer das auch möglich war. Gut für sie beide, egal wie viel andere dabei auf der Strecke bleiben würden. Sie würden fort gehen, egal wohin. Mit ihm würde sie bis ans Ende der Welt gehen, das wurde ihr jetzt immer bewusster. Die Wohnung schien sie zu erdrücken, jetzt verstand sie erst, was es bedeutete, wenn jemand sagte, mir fällt die Decke auf den Kopf. Sie musste hinaus. Auch wenn es nur für eine Weile sein mochte. Zur selben Zeit, in der Martin Laban versuchte, sich seine Kindheit in

Erinnerung zu rufen und durch den Wald streifte, war Monika Schwarz in Richtung Schönbrunn unterwegs. Es half ihr gar nichts. Sie bereute ihre Entscheidung auf halbem Weg, und kehrte um. Sie hatte einfach keine Energie dafür. Zu hause war es zwar unerträglich, hier draußen aber fast noch schlimmer. Zur Einsamkeit kam hier auch noch die Anstrengung der Bewegung hinzu. Die vier Wände daheim gaben ihr wenigstens einen Rahmen, aus dem sie nicht herausfallen konnte, hier war die Weitläufigkeit der Straßen unerträglich, sie fühlte sich verloren und reduziert auf einen winzigen hilflosen Punkt im Universum.

Es war kurz vor neun. Laban stand am Fenster und blickte in die finstere Nacht. Er konnte nur einige wenige Umrisse ausmachen. Die Bäume wirkten bedrohlich und gespenstisch, sie waren Bewacher und Mahner zugleich. Die meisten von ihnen bewegten sich nicht im Geringsten, selbst wenn der eisige Wind blies. Lediglich die zarten wiegten sich im Wind. Und wenn das schwache Licht des Mondes kurz seinen blassen Schein preisgab, war es so, als würden Schatten um die Hütte tanzen. Als würden die Geister des Waldes den Eindringling zum Gehen auffordern, als würden sie ihm zurufen, lautlos aber doch deutlich vernehmbar, „Geh weg!" Für Martin Laban wurde diese Vorstellung zur Realität. Er wandte seinen Blick ab und setzte sich an den Tisch. Die Flamme der Kerze, die den Raum spärlich erhellte, hatte etwas Trost spendendes an sich. Laban versuchte die Schatten zu vergessen und sich ins Bewusstsein zu bringen, dass es doch nur Wind und Mond waren. Er war kein abergläubischer Mensch, er glaubte an das was er sah und nicht an das was er fühlte. Jetzt aber war er sich nicht mehr so sicher. Er löschte die Kerze, der Raum war auf einen Schlag in Dunkelheit gehüllt. Dann ging er nach nebenan und legte sich hin. Er schloss die Augen und versuchte zu schlafen. Es sollte ihm erst in mehreren Stunden gelingen.

9- Das Messer

„Wo ist denn das jetzt?"

„Eh gleich da, wart. Siehst, schon geschafft."

„Endlich, ich bin diese langen Hadscher gar nicht mehr gewohnt."

„Ha, dabei warst du die, die immer wandern wollt."

„Ja, eh. Aber das ist auch schon eine Zeit her. Und mit die Kinder, geh bitte, das war ja dann immer ein Flohzirkus."

„Deswegen sind wir ja auch jetzt alleine da. Ist eh Zeit worden."

„Ja. Direkt romantisch, ohne Kinder, Silvester in der Wildnis."

„Naja, Wildnis ned unbedingt. Abgeschieden schon, aber einfach da runter, und wir sind schon im Ort."

„Wollen wir aber nicht, ich glaub wir haben besseres zu tun."

„Das glaub ich auch."

„Hast du den Schlüssel?"

„Ja, wart, irgendwo in der Tasche."

„Na gib schon her."

„Da."

„Der geht ned eine."

„Der muss."

„Das sag ich auch immer, aber in dem Fall, geht er wirklich ned eine."

„Das kann nicht sein, das ist der, den ich geholt hab."

„Dann hams dir den Falschen gegeben."

„Das kann ned sein. Geh drück einmal an der Tür an."

„Heast, die is zu, da muss man aufsperren."

„Na wart einmal. Ich schau einmal, ob irgendwo ein Fenster offen ist. Oder ob man woanders rein kommt. Das ist ja eh nur eine alte Hütte."

Martin Laban stand angespannt hinter der Eingangstüre. Zu seinem Glück hatte er sie von innen verschlossen, und den Schlüssel stecken gelassen. Sonst wäre er wohl überrascht worden. Jetzt blieben ihm nur wenige Sekunden um zu Überlegen. Er warf all seine Lebensmittel in die rote Sporttasche. Die Stimmen waren mittlerweile an der Rückseite der Hütte angelangt. Leise drehte er den Schlüssel im Schloss, zog ihn ab und öffnete die Türe. Es war niemand da. Er hörte, wie am Fenster im Schlafraum gerüttelt wurde und wie es nach sanfter

Gewalt aufsprang. Er trat hinaus, sah sich um und machte sich auf und davon. Das Geld! Er würde es später holen. Vorerst würde er abwarten. Er musste weg von hier. Das hatte ihm gerade noch gefehlt. Eine Sommerhütte, im Winter leerstehend. Anscheinend doch nicht. Er lief davon. Das war sonst nicht seine Art. Selbst wenn man verloren hatte, der Abgang sollte würdevoll geschehen. In diesem Moment blieb ihm aber nichts anderes übrig. Er würde später zurückkehren.

„Da riechts nach Rauch."

„Ja und? Wir lüften und dann ist das wieder weg."

„Ja, aber warum riechts nach Rauch, wenn da niemand ist."

„Vielleicht hat wer kontrolliert und eine geraucht dabei."

„Trotzdem eigenartig. Mir ist, als wär da jemand."

„Ja, aber da is niemand."

„Schau, die Tür is eh offen."

„Geh bitte, die war zu."

„Und jetzt ist sie offen."

„Vielleicht wars verklemmt."

„Und warum ist dann der Schlüssel ned reingangen?"

„Ja keine Ahnung. Wir sind da, fertig."

„Ich weiß ned, mir kommt das schon komisch vor, direkt unheimlich."

„Geh bitte, wie soll das in der Nacht werden, wenn du jetzt scho Gspenster siehst?"

„In der Nacht sind wir beschäftigt."

„Wieso erst in der Nacht?"

„Geh bitte, jetzt packen wir erst aus und dann schauen wir weiter."

Anna Walter und ihr Gatte Erwin befreiten ihre Rucksäcke von deren Inhalt. Das Nötigste für die nächsten drei Tage. Es sollte ein Silvester werden, den sie sich schon lange gewünscht hatten, ohne Kinder, ohne

Verwandtschaft, abgeschieden, Zweisamkeit eben, und nur das.

„Wir können den Sekt gar nicht kalt stellen."

„Geh bitte, sei ned so blöd. Den stellen wir vor die Tür, das reicht vollkommen."

„Jaja, eh. Und jetzt?"

„Jetzt? Was ist das für eine Frage?"

„Eine deutliche. Wo schlaf ma?"

„Am besten gar nicht. Aber wir könnten einmal durchprobieren."

Die beiden entledigten sich routiniert ihrer Kleidung und ließen sich auf eines der unteren Betten fallen.

„Da kann ich gar ned oben sitzen. Ich hau mir da den Schädel an."

„Na dann komm her. Ist eh Zeit dass wir uns so richtig spüren."

„Wart, lass mich runter, fangen wir mal ganz keusch an."

„Keusch ist gut, das kann man problemlos steigern."

„Eben, ich weiß ja was gut ist."

„Deswegen hab ich dich ja geheiratet."

„Komm, red ned so vü."

„Was jetzt schon?"

„Wart, hör auf."

„Was ist denn jetzt schon wieder, i soll nix reden, dann fang ich an und ich soll gleich wieder aufhören. Das fangt ja gut an."

„Wart jetzt, geh runter."

„Geh bitte, was hast denn jetzt wieder?"

„Schau einmal, was is des?"

„Wo?"

„Na da."

„Wo, da?"

„Da oben, unter der Matratze."

„Des schaut aus wie ein Hunderter."

„Ja, das seh ich auch."

Erwin Walter stieg aus dem Bett und hob die obere Matratze hoch. Er sah die Scheine und blickte verdutzt seine Frau an.

„Was ist das jetzt?"

„Ja, keine Ahnung, ich habs nur gsehn."

„Arg. Das sind mindestens, ja, sicher mehr als zehntausend Euro. Was macht das da."

„Herumliegen, genau so wie du herumstehst."

„I steh grad doppelt."

„Ja, das seh ich."

„Wart jetzt, lass uns des einmal da runter räumen."

Martin Laban war mittlerweile auf dem Weg ins Dorf. Er hatte seine Tasche im Wald versteckt und zerbrach sich nun abermals darüber den Kopf, wie es weitergehen sollte. Ohne Geld gab es keinen Ausweg, er musste sich die Scheine wieder holen, am besten wenn die beiden Silvestergäste nicht in der Hütte waren; sie konnten doch nicht die ganze Zeit über dort bleiben. Zu seinem Glück hatte er noch etwas Geld in seiner Jacke. Er hatte mit einem Hunderteuroschein bezahlt, das Wechselgeld mussten an die vierzig Euro gewesen sein, somit konnte er sich zumindest jetzt eine warme Mahlzeit leisten, etwas das ihm mittlerweile abging. Der Weg zum Dorf war nicht schwer zu finden gewesen. Die Hütte, die versteckt zwischen Bäumen lag, auf einer leichten Anhöhe ließ er hinter sich und begab sich hinab ins Tal. Nicht lange und er folgte einem Weg, der zielstrebig auf die Ansammlung von Häusern zulief, die er in der Ferne erkennen konnte.

*

„Das Schweinerne mit Knödel.“

„Und a Kraut?“

„Nein, kein Kraut.“

„Ohne Kraut, najo, wenns glauben. Zum Trinken?“

„Ein Bier.“

Der leicht übergewichtige Wirt entfernte sich wieder. Er hatte Glück, dass er knappe zwei Meter maß. Mit eins sechzig wäre er wohl ein Fall für die Beatmungsmaschine gewesen. Laban hatte sich einen Platz gleich neben der Tür gewählt. Es waren um diese Zeit noch nicht viele Gäste im Lokal und die wenigen die da waren, saßen ausnahmslos bei einem Bier oder einem Glas Wein. Der Wirt stellte das gut eingeschenkte Glas vor ihn.

„Sie san neich do, oder?“

„Ja, auf der Durchreise. Ma kriegt an Hunger, dann muss ma wos essen.“

„Das ist gscheit! Essen hält Leib und Sö zsamm.“

„Sie sagen es."

„Wo miassns denn hin?"

„Graz."

„Aha, da sinds gar ned auf der Autobahn?"

„Na, geht zu schnell."

„Heans, sie san komisch. Normalerweise hams olle eilig."

„I ned, zumindest ned jetzt."

Zehn Minuten später saß Laban mit vollem Mund vor seinem Schweinsbraten. Etwas Warmes im Körper hob seine Stimmung, der Alkohol tat das Seinige dazu. Als er mit dem letzten Stück Knödel den Saft zusammenwischte, setzt sich ein älterer Herr ihm gegenüber.

„Wer bistn du?"

„Thomas."

„Aha, ungläubig?"

„Teilweise."

„Wos hastn des?"

„Dass ich mir nie sicher bin."

„Des is guad. Da hört ma nie auf zum Denken."

„Kann sein."

„Na, des is so. Du denkst vü?"

„Manchmal."

„Zvü?"

„Vielleicht."

„Kannst du a ganze Sätze sogn?"

„Jo."

„Dann is guat."

„Und wer san sie?"

„I bin der Jogler Fritz."

„Na, dann."

„Die Wolken san ned guad."

„Wie bitte?"

„Wenn die Wolken so san, dann passiert wos."

„Aha."

„Jaja, a ungläubiger Thomas."

„Hab i ja gsagt."

„Na, die Wolken san goa ned guad."

„Wieso?"

„Des waaß i no ned. Aber die Wolken san ned immer so. Nur wie die Lena gstorbn is, da waren die Wolken kurz davor a so."

„Die Lena?"

„Ja, die mitm Kind."

„Aha."

„Und wie der Hof vom Stadler abbrennt is, da wars genau so."

„Der Hof vom Stadler?"

„Jo, der Hof vom Stadler."

„Und was heißt das jetzt?"

„I kanns no ned sogn, aber es kommt was."

„Aber was?"

„Ja, wenn i des söba wüssat."

„Magst a Bier Fritz?"

„Ja wennst mi scho so nett eilodst."

„Wir hätten bitte gerne noch zwei Bier."

„Jo, und an Schnaps für mi. Is doch in Ordnung, oder?"

„Ja, das kann i mir noch leisten. Wart, ich muss kurz rechnen."

Das Gespräch war eine Wohltat für Laban. Die letzten Tage über alleine zu sein, waren zu viel für ihn gewesen. Er gab sich seinem Schicksal hin, einem notorischen Schnorrer, und wohl dem Dorfpropheten, zuhören zu müssen. Sollte dieser eben seine Ansprache halten, er würde sich das alles anhören. Zwar hatte er sich vorgenommen keinen Kontakt mit den Ortsansässigen aufzunehmen, doch nun war es anders gekommen. Es war eine willkommene Abwechslung und er konnte für kurze Zeit seine Situation vergessen, obwohl, das Geld ging ihm trotzdem nicht ganz aus dem Kopf, darum würde er sich aber auch noch später kümmern können.

Kurz nach acht Uhr machte er sich wieder auf den Weg. Er sorgte dafür, dass er nicht gesehen wurde, schlug Haken und wählte nie den direkten Weg. Laban überprüfte, ob seine Tasche noch da war, dann machte er sich auf den Weg zur Hütte. Es brannte Licht im Inneren des Gebäudes. Er blickte bei einem Fenster hinein und sah Stapel von Geldscheinen auf dem Küchentisch liegen. Sie hatten sie gefunden. Wie konnte das jetzt auch noch geschehen sein? Es war niemand in der Küche. Laban schlich um das Haus und lugte beim rückwertigen Fenster hinein. Er sah die Umrisse der beiden, wie sie im Bett ihren Abend gestalteten. Es war seine Chance. Er würde die Scheine vom Tisch nehmen und gleich wieder gehen. Den Schlüssel trug er ohnehin noch bei sich. Laban begab sich zum Eingang, um festzustellen, dass die

Tür nicht abgeschlossen war. Er öffnete sie und trat langsam ein. Die Geräusche aus dem Nebenraum wiegten ihn in Sicherheit. Er ging auf den Tisch zu und griff nach dem ersten Bündel, da stand Erwin Walter im Durchgang zum Schlafraum. Laban griff, ohne lange zu überlegen, nach dem Messer auf dem Küchentisch, und stürzte auf den Mann zu. Der stand wie versteinert und konnte nur zusehen wie Laban ihm das Messer von unten, aufwärts in den Bauch rammte. Er brach zusammen und Laban stach weitere Male auf ihn ein, bis Erwin Walters Rücken von Einstichwunden übersäht war. Blut quoll aus den Öffnungen, und mittlerweile bildete sich, eine immer größer werdende, rote Lacke. Anna Walter hatte zugesehen wie ihr Mann zusammengesunken war, sie wusste nicht warum, konnte sie den Eindringling ja noch nicht sehen. Erst als dieser wie verrückt auf ihren Ehemann eingestochen hatte, wurde ihr die Ernsthaftigkeit ihrer Situation bewusst. Sie sprang aus dem Bett und wollte durch das lose Fenster flüchten. Sie war schon fast hindurch, da zog sie Laban an ihren langen, schwarzen Haaren wieder zurück ins Blockhaus. Er hielt sie verbissen fest, während sie sich wie hysterisch wehrte. Ein glatter Schnitt durch ihre Kehle setzte dem ganzen ein Ende. Das Blut schoss mit einem solchen Druck aus ihrer eröffneten Halsschlagader, sodass es, durch das offene Fenster hinaus, in den kalten Schnee spritzte, wo es dampfend die Eiskristalle schmolz. Laban ließ sie zu Boden sinken. Seine Hände waren klebrig und rot, sein Herz schlug so schnell wie noch nie in seinem Leben und seine Gedanken waren eine Wüste ohne Sonne.

10 – Die Waschung

Monika Schwarz wartete seit zwei Tagen auf einen Anruf von ihrem Lebensgefährten. Er hatte sich seit dem Vortag nicht wieder gemeldet und das beunruhigte sie. In den Nachrichten war der Banküberfall auch nicht wieder erwähnt worden, das verstärkte ihre Unsicherheit noch mehr. Keine Information war mitunter schlechter zu ertragen als eine negative. Die wenigen Stunden die sie an ihrem Arbeitsplatz verbrachte, waren eine Wohltat gewesen, obwohl sie auch dort abwesend wirkte und hinter ihrem Soll zurück blieb. Wie würde es weiter gehen? Gab es noch den Hauch einer Chance? Die

Szenen, die sie sich in ihren Gedanken ausmalte, trugen nicht dazu bei, dass sie sich besser fühlte. Was war mit Martin geschehen, war er noch am Leben? Natürlich musste er das sein, was hätte ihm passieren sollen? Er konnte sich vielleicht nicht melden, weil er zu sehr an einem gemeinsamen Ausweg arbeitete, vielleicht war er selbst schon in Sicherheit und rief jeden Moment an, um ihr zu sagen, dass sie nachkommen soll.

Laban schaufelte Schnee in einen Kübel und machte sich auf den Weg in die Hütte. Er hatte Feuer gemacht und schmolz nun den Schnee in einem großen Topf auf dem alten Herd. Es gab hier weit und breit kein Wasser und er musste sich waschen. So konnte er sich nirgends sehen lassen. Selbst seine Jacke und seine Hose waren von Blut getränkt. Er zog sich aus und versuchte die gröbsten Flecken auszuwaschen. Die beiden Leichen hatte er im Holzschuppen hinter Planen versteckt. Derzeit schien es unwahrscheinlich, dass sie von jemandem gefunden werden würden.. Es war eisig kalt, das würde sie vorerst ein wenig konservieren und sie von ihrem naturgegebenen Los abhalten. Sollte sie jemand im Frühling finden, so war er da schon längst weit weg. Das hoffte er zumindest. Er konnte sie immer noch vergraben, wenn der Boden wieder weicher werden würde, jetzt aber, war das ein Ding der Unmöglichkeit. Laban hing seine Kleidungsstücke zum Trocknen auf. Er würde sich später noch auf den Weg machen um mit Monika zu telefonieren. Er wollte nicht, dass sie unnötig beunruhigt war. Sie musste jetzt stark sein. Das Trocknen nahm nicht wirklich viel Zeit in Anspruch, die wohlige Hitze des alten Ofens strahlte auf die Kleidung und trug ein Wesentliches zum Trocknungsprozess bei. Nachdem seine Hose zumindest halbwegs trocken war, zog sich Laban an, und verließ die Hütte. Heute war es windstill. Er ging etwa eine Minute und schaltete dann sein Handy ein.

„Bitte, was war los?"

„Es ist was passiert."

„Was ist passiert, geht's dir gut?"

„Ja, es geht schon."

„Was war los?“

„Das kann ich jetzt am Telefon nicht sagen.“

„Wieso?“

„Wenn dich wer abhört, dann finden die vielleicht heraus, wo i bin.“

„Ich will zu dir.“

„Ja, bald, ich kann hier eh nicht mehr lange bleiben, es muss was passieren; aber wir schaffen das schon.“

„Du fehlst mir so.“

„Ja, du mir auch.“

„Bitte lass mich zu dir.“

„Es geht noch nicht; wir kriegen das hin, verlass dich drauf.“

„Ich bin so nervös.“

„Das brauchst nicht sein, es wird alles gut, ich check das schon. Ich liebe dich.“

„Pass auf auf dich."

Das „Ich liebe dich", das darauf folgte, hörte Laban nicht mehr. Er hatte in der Ferne eine Gestalt entdeckt, die auf ihn zuzukommen schien. Laban zog sich wieder etwas zurück und beobachtete den Mann, der immer näher kam, dann aber doch einen anderen Weg einzuschlagen schien. Er ging zurück zur Hütte um etwas zu essen.

Dritter Teil

10 – Die Angst

Laban versuchte den nächsten Tag seine Gedanken zu ordnen, sich einen Plan zurechtzulegen, der ihn und Monika aus dieser Lage katapultieren sollte. Die Zahl der Toten war auf mittlerweile vier angewachsen und er selbst hatte, im wahrsten Sinne des Wortes, Blut an seinen Händen kleben. Eines hatte zum Nächsten geführt. Die Angst entdeckt zu werden, die Angst, dass der ganze Aufwand umsonst gewesen war, die Angst vor einer gerechten Strafe. All das trieb Laban nun an, eine Lösung zu finden. Sie würden das Land verlassen müssen. Entweder schlugen sie sich in den Osten durch, oder überhaupt nach Weitweg. Als er so die einsamen, verschneiten Wege entlang schritt, sah er in der Ferne eine Gestalt auf sich zu kommen. Der Mann schien sich bei jedem Schritt schwer zu tun und sein Gang war eher als ein Schwanken zu beschreiben. Als er näher kam, erkannte ihn Laban als Fritz Jogler, den Mystiker aus dem Dorf. Heute standen wenigstens keine Wolken am Himmel, dachte er bei sich. Jogler schien ihn noch nicht bemerkt zu haben und Martin Laban überlegte sich kurz ob es eine Möglichkeit gab, ihm aus dem Weg zu gehen. Da aber links und rechts von ihm nur weite Felder lagen, schien diese Möglichkeit ausgeschlossen. Er musste sich seinem Schicksal stellen.

„Grüß Gott Fritz, dass ich sie hier draußen treffe."

„Ah, der Zuagraste. Warum san sie do unterwegs, ich hab glaubt sie müssen weiter."

„Ich hab umdisponiert, ich spanne ein paar Tage aus."

„Das ist gscheit, sie waren eh so nervös."

„In letzter Zeit war es zu stressig für mich."

„Jaja, der Stress, sowas gibt's nur in der Stodt."

„Möglich."

„Ganz sicher. Heut san die Wolken gar ned da."

„Ja, alles wieder gut."

„Na, des glaub i ned, die kommen wieder."

„Aber sie vergehen wieder."

„Ja klar, nur was davor passiert, ma weiß es nicht."

„Ist manchmal auch gut so."

„Ja, ist sicher gut so. Die Wolken, die verheißen nichts gutes. Erst waren die Wolken da und dann bist du kommen."

„Ach, hörns schon auf mit ihre Gschichten. I bin no immer da und die Wolken sind weg."

„Die kommen wieder. Hast du die Wolken gebracht?"

„Geh bitte, wie soll ich die Wolken bringen?"

„Die Wolken haben dich angekündigt."

„So ein Blödsinn, sauf ned so viel."

„Mit dir stimmt was ned, das ist ned Stress den du hast, du bist nervös, weil du Angst hast."

„Ha, wovor soll ich denn Angst haben?"

„Das weiß i ned, aber du weißt es; irgendwas stimmt da ned mit dir."

„Ich geh jetzt weiter."

„Wo wohnst du überhaupt. Beim Postwirt wohnst du nicht. Wohnst du in der Hütten da beim Wald?"

Labans Nervosität war nun nicht mehr zu verbergen, er sah sich verbissen um. War außer ihnen beiden noch jemand unterwegs? Sie standen alleine auf weiter Flur. Fritz Jogler redete weiter auf ihn ein und Martin Laban hörte nur noch die Stimme, die Worte selbst waren so weit weg, dass er gar nicht verstand was der alte Trunkenbold ihm ins Gesicht sagte. Da hob er den nächstbesten Stein auf und schlug ihn dem Mann auf den Schädel. Der fiel darauf hin, wie ein nasser Sack zu Boden, richtete sich aber gleich wieder auf und sagte: „Ich habs doch gewusst, die Wolken bringen nix Gutes." Laban hörte Jogler nur noch in der Ferne sprechen. „Mit dir stimmt wos ned." Er hieb den Stein unzählige Male auf den Schädel des Alten. Blut, es war alles voll Blut. Der Kragen seines Mantels, die Masse, die einmal ein Gesicht gewesen war, Labans Hände, der Schnee, der Stein. Erst als der letzte Lebenshauch des alten Mannes, sich in der eisigen Jännerluft verlor, hielt Laban inne und sah, was er getan hatte. Der leblose Körper lag vor ihm. Keine Regung ging mehr von ihm aus, keine Worte kamen aus dem Loch, das einmal ein Mund gewesen war, der nun nur noch aus herunterhängenden Hautfetzen bestand, durch welche abgebrochene Zahnstümpfe herausragten. Laban fiel neben der Leiche in den Schnee. Er zitterte am ganzen Körper, atmete schwer und sein Magen krampfte sich zusammen. So lag er geraume Zeit, bis er sich letztendlich wieder beruhigte und sein Verstand einzusetzen begann. Er musste den Toten hier wegschaffen. Doch wohin? Die Felder boten ihm keinerlei Deckung, sodass er wohl oder übel kein geeignetes Versteck finden würde. Er konnte sich nur auf das Wetter verlassen. Der Schnee sollte das seinige dazu beitragen. Er musste fallen, er musste diesen Körper bedecken. Laban griff Joglers Leiche bei den Füßen und zog sie rechts von sich ins Feld. Zu dieser Jahreszeit würde wohl niemand hierher kommen, um zu arbeiten. Nach einigen Metern ließ er Joglers Beine auf die Schneedecke fallen. Er versuchte, mit seinen bloßen Händen, den Toten mit ein wenig gefallenem Schnee zu bedecken. Der Himmel sah nicht nach neuen Schauern aus.

*

Laban setzte sich an den Tisch nachdem er die Tür abgeschlossen hatte. er musste hier weg, am schnellsten Weg. Dann stand er auf, eine Zigarette in seinem Mund und ging ans Fenster. Es war dunkel geworden. Er blickte zu den Bäumen und konnte dunkle Schatten ausmachen; bewegten sie sich? Er wusste es nicht. Er wusste zur Zeit gar nichts mehr, nur das, dass er nicht länger bleiben konnte. Joglers Leiche würde gefunden werden. Wenn nicht morgen, dann wohl in der nächsten Zeit. Würde man sich an ihn erinnern? Bewegte sich im Dickicht etwas? Seine Augen waren heute wohl nicht mehr seine treuesten Gefährten. Er war müde und erschöpft, und trotzdem war das keine Garantie, dass er heute Schlaf finden würde.

11 – Der Fluss

„Guten Morgen"

Labans Herz blieb vor Schreck fast stehen. Es war der selbe Mann, den er nun schon öfters gesehen hatte und er fragte sich, ob das nun wirklich nur ein Zufall sein konnte. In seiner jetzigen Verfassung gab es so etwas wie Zufälle nicht.

„Ja, guten Morgen, was wollens denn?"

„Eigentlich nur schauen, was los ist."

„Was wollens schauen, da ist nix los."

„Naja, ma weiß nie so recht. Da heraußen kennt man ja jeden, und wenn dann jemand auftaucht, der ned von da ist, dann schaut man halt wer das ist."

„Na jetzt habens mich eh gsehn, jetzt könnens wieder gehen."

„Sie wollen ihr Ruhe haben?"

„Ja, will ich, ich bin ja nicht umsonst hier alleine."

„Ham sie die Hütte gemietet?"

Laban überlegte kurz. Es konnte eine Falle sein. Was wusste dieser eigenartige Kerl? Er konnte nichts wissen, woher denn auch? Er ließ sich darauf ein und antwortete mit einem kurzen „Ja!"

„Aso, im Winter ist die nämlich meistens leer."

„Jetzt aber nicht, wie sie sehen, jetzt bin ich da."

„Ja, ich sehs, schon seit ein paar Tagen."

„Na was fragens denn dann so?"

„Ich hab mir gedacht vielleicht brauchens was."

„Was sollt ich brauchen?"

„Na was zum Essen, a Wossa, ist ja nix da."

„Ich bin gut versorgt, danke."

„Sie haben nicht einmal a Auto? Wie sinds denn da her gekommen, so ganz ohne Wagen, das geht ja nicht."

„Sie sehen ja, dass es geht. Aber wenn sies genau wissen wollen, ich bin hergebracht worden. Von einer Freundin."

„Und wo ist die jetzt?"

„Weg ist die."

„Kommt die wieder?"

„Ja, wenns mich abholt."

„Und wann ist das?"

„Sie sind mir zu neugierig, lassens mich jetzt bitte in Ruhe."

„Ham sie eh Holz, ich seh keinen Rauch, heizen sie nicht?"

„Ich hab schon eingeheizt, ja, danke. Holz ist auch da."

„Sie wissen eh, der Schuppen ist voll. Ich bring das immer vorbei."

„Ja, fein, und jetzt lassens mich bitte in Frieden. Ich bin nicht umsonst alleine hier draußen. Wenn ich Gesellschaft will, dann geh ich ins Dorf."

„Jaja, zu ihrem neuen Freund, dem Jogler Fritz."

„Wir sind keine Freunde, aber der ist mir angenehmer als sie."

„Das glaub ich, vor allem jetzt."

„Was jetzt?"

„Na jetzt, wo er ned da ist."

„Was soll das heißen, wo er ned da ist."

„Na sehens ihn irgendwo?"

„Na, aber ich seh sie, und das reicht mir jetzt, lassens mich bitte in Ruh, ich werde wieder rein gehen."

„Ja, machens das. Sonst ist niemand da?"

„Nein, niemand ist da, das hab ich ihnen ja schon gesagt."

„Ja, haben sie, hab ich vergessen gehabt. Dann wünsche ich ihnen noch einen schönen Aufenthalt; und, dass sie sich entspannen können."

„Ja, danke. Und es ist nicht notwendig, dass sie wieder vorbei kommen. Ich kann schon auf mich selbst aufpassen."

„Jaja, sperrens halt gut zu, man weiß nie."

„Ja, man weiß nie, ich weiß."

„Und habens keine Angst vor den Schatten, das ist nur der Mond. Und wenn nicht, die kommen ohnehin nicht näher."

„Bitte, wo Licht da auch Schatten."

„Sie sagen es. Wir sehen uns wieder."

„Nicht notwendig."

Der Fremde machte auf dem Absatz kehrt und ging wieder. Bevor er außer Sichtweite war, drehte er sich nochmals kurz um, und ging dann seines Weges. Laban hatte mittlerweile aber schon die Türe versperrt, und sah ihn nicht mehr. Wenn man selbst nicht gerade die Ruhe in Person war, noch dazu in so einer Situation, dann konnte man wohl in jeder Unterhaltung Anspielungen heraushören. Dieser Mann konnte nichts wissen, woher auch, und wenn, dann wusste Martin Laban sich wohl auch zu wehren. Die ganze Geschichte war mittlerweile nicht mehr das, als was sie geplant war. Der Fluss war über die Ufer getreten und riss nun alles mit sich, das sich ihm in den Weg stellte.

12 – Der Audi

„Du gibst mir jetzt die Nummer von deinem Wertkartenhandy. Du hast dir eines gekauft, oder?"

„Klar, wie du gesagt hast. Wie geht es dir."

„Warte. Ich werde dich gleich anrufen, auf dem anderen Handy. Und dann sag ich dir wohin du kommen sollst. Falls du abgehört wirst, kann das niemand zurückverfolgen, so schnell sind die nicht."

„Ok, aber geht's dir gut?"

„Jaja, ist schon in Ordnung. Leg jetzt auf, nimm dir etwas zu Schreiben und warte. Ich rufe in einer Minute wieder an."

Nachdem Monika Schwarz Martin Labans Angaben auf ein Blatt Papier gekritzelt hatte, zündete sie sich eine Zigarette an. Nicht die erste an diesem Tag und wohl auch nicht die letzte. Sie ertappte sich in der letzten Woche immer öfters dabei, Kette zu rauchen. Eigentlich hatte sie vorgehabt, im neuen Jahr damit aufzuhören. Die besten Vorsätze nützten aber nichts, wenn man nicht dazu in der Lage war, sie umzusetzen. Wozu waren Neujahrsvorsätze überhaupt gut, welchen Nutzen hatten sie? Dass man sich wochenlang darauf ausredete, dann erst etwas umzusetzen, was man eigentlich auch schon im selben Moment tun könnte? Sie hatte ihm noch sagen wollen, dass er vorsichtig sein solle, dass mittlerweile nach ihm gefahndet wurde. In den Nachrichten war es um neun Uhr gekommen. Sein Bild. Mit vollem Namen. Jetzt war es kurz vor zehn Uhr. Bis vier Uhr Nachmittag sollte sie in der Obersteiermark sein. Das wäre kein Problem. Sie zerdrückte die Glut im übervollen Aschenbecher und griff wieder zu ihren Gauloises. Die Flamme brachte die Zigarette zum Glühen und Monika Schwarz sog den Rauch tief in ihre Lungen. Dass sie schwanger war, störte sie in diesem Moment nicht das Geringste. Sie würde früh genug aufhören. Jetzt ging es verständlicherweise nicht. Die ganze Geschichte kam in die Zielgerade, zumindest eine große Wendung stand bevor. Endlich zusammen. Sie konnte es kaum abwarten.

Vor dem Haus stand ihr roter Fiat; sie hatte ihn schon seit ihrer Führerscheinprüfung. Dass sie immer noch damit fahren durfte lag lediglich daran, dass ihr Bruder in einer KFZ-Werkstätte arbeitete. Monika Schwarz setzte sich hinter das Steuer und startete den Motor. Dann drehte sie das Radio auf. Es war eines, das noch Kassetten spielen konnte. Sie griff ins Handschuhfach und hielt Guns`n`Roses` „Appetite for Destruction" in der Hand. „Welcome to the jungle" dröhnte aus den Lautsprechern, zu viele Höhen, zu wenig Bass, doch egal. Sie machte sich auf den Weg. Auf den Weg zu Martin Laban. In ihrer Euphorie bemerkte sie den Wagen nicht, der ihr von nun an folgen sollte.

In Vösendorf nahm Monika Schwarz die Abfahrt zur SCS. Sie wollte dort zum Spar, etwas einkaufen; sie wollte etwas mitbringen, nicht ohne leere Hände kommen. Die gute Ehefrau sein, etwas das sie jetzt brauchen würden, Proviant. Während sie die endlosen Regale entlang eilte, wusste sie auch nicht so recht, was sie denn nun in den Einkaufswagen legen sollte. Sie hatte keinerlei Ahnung, was sie nun letztendlich erwarten würde. Sie fühlte sich ein wenig wie Bonny, die zu ihrem Clyde wollte. Dann fand sie sich an der Feinkosttheke wieder und bestellte dort vier Käsleberkässemmeln mit Pfefferoni. Sie bestand darauf, dass die Pfefferoni, bevor sie auf die dicken Schnitten Leberkäse gelegt werden würden, ausgedrückt wurden. Sie wollte keinen durchweichten Semmeln präsentieren. Es sollte perfekt sein, karg aber perfekt.

Auf dem Weg zum Parkplatz zündete sie sich die nächste Zigarette an. Sie hatte die halbe Stange noch mitgenommen, die daheim herumgelegen hatte. Monika Schwarz öffnete die Tür ihres Autos, ließ sich auf dem Fahrersitz nieder und startete. Es lief noch immer „Paradise City". Laut und deutlich, so wie es wohl auf solch einer Fahrt sein musste. Sie fuhr wieder auf die Autobahn auf, ebenso der grüne Audi, der ihr seit geraumer Zeit dicht auf den Fersen blieb.

Sie hatte sich verfahren. Sie wusste nicht genau wohin sie musste. Der Parkplatz, den sie auf dem Blatt Papier notiert hatte, wo immer er auch war, er lag woanders. Sie holte ihr Samsunghandy aus der Tasche und gab ihr Ziel ein. Warum hatte sie das nicht vorher schon getan? Die Euphorie, die Freude Martin wieder zu sehen, hatten sie einfach losfahren lassen, ohne genau zu wissen, wohin. Jetzt sah sie am Display, dass sie noch gute zwei Stunden benötigen würde. Sie könnte umkehren und einen anderen Weg einschlagen, oder auf Bundesstraßen Richtung Westen fahren. Sie entschied sich für Letzteres. Bei der nächsten Abfahrt würde sie sich mehr konzentrieren müssen, zumindest auf die Stimme aus ihrem Telefon. Sie wollte gerade den Schlüssel im Zündschloss drehen, da klopfte es ans Fenster. Ein Schrecken durchfuhr ihren Körper, ihr Herz blieb fast stehen, als sie dem Mann durch das Fenster in die Augen sah. Er war ihr die letzten Tage über nicht aufgefallen, jetzt aber erkannte sie ihn gleich wieder. Unbewusst musste sie ihn wahrgenommen haben. Sie kurbelte das Fenster eine Spalt herunter.

„Frau Schwarz?"

„Ja, warum?"

„Kriminalpolizei, würden sie bitte aussteigen!"

13 – Das Finale

Laban hatte die rote Tasche bei sich und war auf dem Weg zur Hauptstraße. Die Hütte hatte er zurückgelassen, wie er sie vorgefunden hatte. Bis auf die Beiden, die jetzt im Holzschuppen lagen. Sie konnten das Haus bewachen oder selbst zu Schatten werden. Er würde Monika auf dem Parkplatz treffen, wo er das gestohlene Auto abgestellt hatte. Dann würden sie in ihrem Fiat versuchen über die Grenze zu kommen. Von dort weg, stand alles in den Sternen. Es gab immer einen Ausweg, egal wie absurd er auch im ersten Moment scheinen mochte. Was er ganz sicher wusste war, dass er von hier zu verschwinden hatte. Die Begegnung gestern war zu viel gewesen. Er konnte niemanden gebrauchen, der hinter ihm her schnüffelte. Der Schnee unter seinen Schuhen knirschte. Laban war zu sehr mit seinen eigenen Gedanken beschäftigt, sodass er nicht bemerkte, dass ihm jemand entgegen kam.

„Herr Laban, wohin des Weges?"

Laban blieb wie versteinert stehen.

„Na, so schreckhaft. Das Geld ist in der Tasche?"

Vor ihm stand, so wie gestern, sein größter Albtraum. Mit einem breiten Grinsen im Gesicht, baute sich sein Gesprächspartner vor ihm auf.

„Ach Herr Laban, wir teilen brüderlich, das ist ein fairer Vorschlag."

„Was soll ich mit ihnen teilen?"

„Mein Gott, stellen sie sich nicht so an. Ich glaube sie sind in keiner so guten Verhandlungsposition."

„Es gibt nichts zu verhandeln."

„Da haben sie eigentlich recht."

„Lassen sie mich in Ruhe."

„Ach Herr Laban, sie waren sogar im Fernsehen, wissen sie das?"

Laban wurde noch bleicher, als ihn die letzte Woche bisher schon gemacht hatte. Das Blut war aus seinem Gesicht gewichen und er fühlte sich ein wenig schwindlig.

„Was haben sie eigentlich mit den beiden Herrschaften gemacht?"

„Welche Herrschaften?"

„Die die Hütte gemietet haben?"

„Da war niemand."

„Oh doch, die kamen doch am 30. Dezember hier an."

„Hier kam niemand an."

„Doch, Herr Laban. Ich habe ihnen den Weg erklärt."

„Dann müssen sie sich verlaufen haben."

„Das glaube ich nicht. Was haben sie mit ihnen gemacht? Finde ich sie noch dort oben?"

„Sie werden mich jetzt vorbei lassen."

„Wissen sie, ich glaube sie überlassen mir ihre Tasche, und ich lasse sie gehen."

„Ich überlasse ihnen gar nichts."

„Doch Herr Laban. Die erste Hälfte des Geldes ist dafür, dass ich sie hier nicht gesehen habe, und die zweite ist für die beiden, da kommen sie ganz schön billig davon."

Laban versuchte die Situation abzuschätzen. Würde er flüchten können? Das schien in dieser Situation jetzt wohl als aussichtslos. Laban suchte verzweifelt nach einem Ausweg. Er hätte zumindest ein Messer mitnehmen können, als Waffe, für den Notfall. Dieser war jetzt wohl eingetreten. Die Messer aber lagen fein säuberlich, im Schnee gewaschen, in der Küchenlade in der Hütte. Sein Zwang zur Ordnung, war ihm wieder einmal zum Verhängnis geworden. Der Ast zu seinen Füßen war wohl seine einzige Möglichkeit aus dieser Situation heraus zu kommen. Er bückte sich blitzschnell, da verspürte er schon die harte und schmerzhafte Stiefelspitze seines Gegenübers im Gesicht. Er fiel rücklings in den Schnee, war sich aber sofort bewusst, dass er sich aufraffen musste um dem Angreifer nicht eine weitere Möglichkeit für einen Schlag zu geben. Laban stützte sich mit beiden Händen auf und war wieder auf den Beinen, als ihn die blanke Faust direkt am Kinn traf. Er wusste jetzt, dass mit diesem Typen nicht zu spaßen war. Er würde bis zum letzten Blutstropfen kämpfen. Er war so weit gekommen, er konnte sich nicht bedingungslos ergeben. Monika würde auf ihn warten, dann konnten sie weg, weit weg. Mit Monikas Bild vor Augen traf ihn wieder die volle Wucht des nächsten Schlages. Er fiel in den Schnee und blieb für kurze Zeit bewusstlos liegen. Als er wieder zu sich kam, verspürte er einen starken Schmerz in der Magengegend. Die Stiefel traten nun mit Regelmäßigkeit auf ihn ein. Er krümmte sich vor Schmerz und schmeckte nun auch das Blut, das aus seinem Mund in den Schnee lief. Tritte trafen nun seinen ganzen Körper. Dann wurde ihm schwarz vor Augen und der Schmerz schien besiegt. Martin Laban würde nie wieder Schmerz verspüren.

*

Monika Schwarz saß zitternd in ihrem Fiat. Die beiden Beamten waren in ihrem Wagen und beobachteten den Parkplatz. Sie hätte geschwiegen, kein Wort wäre über ihre Lippen gekommen, egal was sie mit ihr angestellt hätten. Sie wäre für Martin Laban in den Tod gegangen. Doch die Stimme aus ihrem Telefon hatte alles verraten. Sie hatte den Weg genau beschrieben. Sie war unparteiisch gewesen, sie hatte nur ihre Aufgabe erfüllt.

Weitere erhältliche Titel:

Die Moral ist eine Hure

Eine Sammlung ungewöhnlicher Kurzgeschichten

Taschenbuch 2012, 9,20 Euro

ISBN: 978-3-8482-1504-1

Hot Whiskey

Es stand derselbe junge Mann hinter dem Ausschank wie am Vortag und er begrüßte mich auch umgehend, als er in mir den Tölpel von gestern erkannte. „Ale?", war seine Frage, „Stout!", meine Antwort.

Taschenbuch 2014, 9,30 Euro

ISBN: 978-3-7386-0774-1

Konrad & Elise

Ein Kinderbilderbuch über Glück, Tod, Schnipp-Schnapp und Kohlrabi zum Selberzeichnen.

Großformatiges Taschenbuch 2015, 7,80 Euro

ISBN: 9-783738-650327

Simmering

Ein LokalkriminalRoman

Taschenbuch 2015, 9,50 Euro

ISBN: 978-3-7386-0774-1

Das Mädchen das immer den Teig kosten wollte

Ein Kinderbuch vom Kochen und vom Kosten, inklusive Rezeptideen für Klein & Groß.

Großformatiges Taschenbuch 2016, 7,80 Euro

ISBN: 9-783837-07704-9

All inklusive

Ein Urlaubsroman mit Kriminalfaktor, Ungereimtheiten und anderen Verwicklungen; tägliche Animation inklusive!

Taschenbuch 2016, 9,50 Euro

ISBN: 9-7838370-7717-1

Olga, der Elch

Eine Erzählung für kleine und große Kinder.

Taschenbuch 2016, 7,80 Euro

ISBN: 9-783837-07708-7

Erhältlich im gut sortierten Fachhandel sowie direkt unter

www.girmindl.at